Entre les livres

Anaïs Blanc

Entre les livres

New romance

Édition : BoD – Books on Demand, info@bod.fr
Impression : BoD – Books on Demand, In de Tarpen 42, Norderstedt (Allemagnc)

Impression à la demande
ISBN : 978-2-3225-4184-3
Dépôt légal : Juillet 2024

A toutes celles et ceux, qui rêvent de l'amour comme dans les livres.

Ecrivez votre propre histoire.

Août

Les vagues allaient et venaient sur le sable encore chaud en effaçant sur leurs passages les dernières traces de pas.

Complètement hypnotisée par le bruit des rouleaux je ne me rends pas compte que les filles reviennent déjà. Elles sont allées acheter des chichis, moi je n'aime pas ça alors je suis restée sur ma serviette. Absorbées par leur discussion elles me laissent encore un instant dans ma rêverie, et j'en suis ravie. Je me remémore les souvenirs de cet été incroyable, qui malheureusement s'achève bientôt. J'ai une pensée pour ma mère, elle dit tout le temps cette fameuse phrase ; « toutes les bonnes choses ont une fin », *c'est vraiment nul comme concept...*

Ces dernières semaines furent tout simplement exceptionnelles, c'est certainement le meilleur été que je n'ai jamais passé. Je suis partie voir ma grand-mère dès la fin de mon année de terminale, je suis toujours ravie d'aller passer du temps chez elle malgré mon âge. Elle habite un mas provençal absolument gigantesque, à Alès, bien qu'elle vive seule maintenant. Ah non j'ai failli oublier Monky son labrador, et Prune aussi sa vieille chatte. Enfin bon, pas sûr qu'ils aient besoin des quatre chambres et des deux salles bains, inoccupées la plupart du temps. Il y a aussi un grand jardin, que Simon le paysagiste entretient à merveille, avec une piscine où j'ai toujours rêvé d'organiser une pool party géante, mais à vrai dire je n'ai pas assez d'amis là-bas pour organiser un tel évènement. J'ai une chambre qui m'est dédiée, avec mon dressing et ma salle de bain *le grand luxe.* De ma fenêtre j'ai une vue magnifique sur les champs de lavande et le soir on peut apprécier le chant des grillons. D'habitude, pour les vacances d'été je viens avec mes deux petits frères, mais cette année mes parents les ont envoyés en colonie de vacances, dans le sud, ou dans le Jura *je ne sais plus vraiment.* J'ai quand même des amis à Alès du fait que j'y passe une bonne partie de mes étés depuis que j'ai quatre ans. Et à l'époque le club des enfants de la ville c'était *THE place to be.* C'est là que j'ai rencontré mes amis, on est un petit groupe de cinq, il y a Amélie, Julia, Bastien, Mathieu et moi.

Mais depuis l'année dernière c'est plus pareil, Mathieu craquait grave sur Amélie, *bah depuis qu'on a quatre ans je pense*, il a tenté sa chance, mais malheureusement ça ne s'est pas vraiment passé comme il l'imaginait. Forcément cette histoire a mis un froid entre eux et quand on sortait il y en avait toujours un qui trouvait une excuse pour ne pas venir. C'est nul parce que maintenant qu'on est presque tous majeurs on aurait pu s'éclater à faire la tournée des bars en centre-ville jusqu'au bout de la nuit. Mais ce n'est pas grave parce que de toute façon je n'ai pas besoin d'eux pour m'amuser, avec mamie je rigole tout le temps et on s'occupe bien ensemble. On cuisine, elle m'apprend toutes ces meilleures reccttes *oui c'est un peu cliché mais on fait vraiment ça hein !* On joue au poker, et *non, pas de scrabble chez nous,* et pour la première fois cet été j'ai réussi à la battre. Sinon le mercredi et le dimanche matin je l'accompagne au marché, j'adore la regarder choisir avec soin ses fruits et légumes. En revanche j'aime un peu moins attendre qu'elle finisse de papoter avec chaque commerçant, *c'est dingue comme les vieux peuvent aimer les potins.* Mais ce que je préfère entre toutes ces activités c'est quand on se pose dans les transats au soleil, notre livre à la main et qu'on s'interrompt mutuellement toutes les cinq minutes pour se raconter un tas de choses. Ce qui est bien avec mamie c'est qu'elle n'est pas vieux jeu, je peux absolument tout lui raconter, *mais en fait à chaque fois je constate que je n'ai pas une vie vraiment trépidante pour une jeune fille de dix-huit ans.* Enfin voilà, c'est un peu ma deuxième vie là-bas.

Bref, j'y ai passé presque deux semaines, c'est moins que d'habitude mais j'avais un programme chargé. Après ça j'ai fait une halte de trois jours à la maison, afin de faire quelques lessives, de me reposer et de refaire mes bagages. J'habite avec mes parents une petite maison de campagne vers Alba-la-Romaine, pas loin de Montélimar. J'aime bien ma vie à la campagne, c'est calme et joli, il y a de l'espace et aucun bruit. Mes parents sont mariés depuis vingt ans *ou peut-être même plus*, ils viennent tous les deux de Bretagne où ils ont emménagé dans leur premier appartement et vécu plusieurs années. Ils m'ont eu, ainsi que Raphaël, mon premier petit frère, *il a déjà 15ans je n'y crois pas...* Puis on a déménagé ici en Ardèche, *je n'ai jamais vraiment compris pourquoi quitter la campagne pour une autre campagne*, mais bon c'est cool ici, et je n'ai passé que quatre ans en Bretagne alors je n'en ai pas beaucoup de souvenirs. À peine un an après notre arrivée ma mère donnait naissance au deuxième zigoto, Noah.

Des souvenirs de vacances quand on était petits me reviennent, je crois qu'un sourire se dessine sur mon visage :

- June ! Eh oh ! crie Emmy qui me sort brutalement de mes pensées.

- Heu… Oui quoi ? lui répondis-je un peu dans le brouillard.

- T'es d'accord avec le programme de ce soir ?

A vrai dire je n'ai rien suivi de leur conversation.
C'est notre dernier jour à Nice, on a passé une semaine toutes les quatre dans un airbnb assez modeste mais suffisant pour le temps qu'on y passait.
Emmy est ma meilleure amie depuis que j'ai emménagé à Alba-la-Romaine il y a maintenant 14 ans. Dès le premier jour d'école on s'est liée d'amitié. Je crois qu'elle avait eu pitié de moi quand elle m'avait trouvé recroquevillée dans les toilettes pendant la recrée. Je détestais être la nouvelle, et ce premier jour aurait été l'enfer sur terre si elle ne m'avait pas tendu la main pour m'inviter à venir jouer avec elle. Depuis on ne s'est jamais quitté, à part en cinquième quand on s'était disputé parce qu'on appréciait le même garçon, *ridicule,*

 On est restée fâchée une semaine à tout cassé. Puis à l'entrée au lycée on a rencontré Chloé et Nina qui étaient dans la même classe que nous. Nous nous sommes très bien entendu toutes les quatre et avons passé nos trois années de lycée ensemble.

Ce qui explique cette semaine de vacances entre copines pour décompresser après ces années maudites par le bac.

Comme je l'ai dit, j'ai passé quelques jours transitoires à la maison après mon séjour chez mamie pour ensuite repartir une semaine à Biarritz dans la maison de famille d'Emmy, avec elle et ses parents. Ça été une semaine de folie qui s'est résumé à grasse matinée, bronzette, surf, boite de nuit. Mais le retour à la réalité fut brutal, j'avais décroché un job d'été en tant que vendeuse dans une boulangerie de Montélimar. Par conséquent je commençais très tôt. Mais l'avantage c'est que j'avais mon après-midi de libre. Puis ce n'était pas si mal, mes collègues étaient très sympathiques et Nina travaillait dans une boutique de fringue pas loin alors on déjeunait ensemble le midi. Pour être sûre d'avoir assez d'argent pour mes vacances je travaillais en plus le soir dans le bar d'un ami de ma mère, il m'avait arrangé le coup et pour pas être emmerdé avec la législation il me filait ma paye de la main à la main. C'était super cool d'être serveuse, tous les soirs le bar était bondé et l'ambiance rendait le travail moins fastidieux. Tout cela m'avait bien fatiguée mais avait été rentable, je m'étais fait suffisamment d'argent pour me faire plaisir durant ce séjour entre copines.

D'ailleurs c'était l'objectif de cette dernière semaine de l'été, profiter à fond ! Les filles ne manquaient pas d'idées pour atteindre ce but.

Nous avons passé des après-midis entières à jouer au volley à la plage avec un groupe de garçon que nous avions rencontré dans notre résidence.

Le soir on sortait jusqu'à pas d'heure et souvent un peu pompette, enfin pas pour ma part, je n'aime pas l'alcool, *surtout depuis cette soirée en seconde où j'ai vomi mes tripes*. Sinon on sortait en ville faire les boutiques, ou siroter un verre en terrasse. Un jour on est allé faire du jet ski, *c'était vraiment l'éclate, mais vraiment très cher aussi*. Et de l'accrobranche aussi, *fin c'était la vieille ça*, mais qu'est-ce qu'on avait ris de voir Chloé pétrifier sur la poutre suspendue à plus de quatre mètres du sol. *Oh on a fait un bowling aussi,* avec un groupe d'amis qu'on avait rencontré dans un bar la veille. Ça aussi c'était très drôle, parce qu'il est vrai que d'essayer un strike avec 3 grammes dans le sang ce n'est pas gagné. Quand je me refais le film dans ma tête j'ai du mal à saisir comment on a pu faire tout ça en une semaine. Enfin bon c'était vraiment génial mais ce soir c'est le dernier et il faut que ça déménage.

*

- Emmy ça va ? réponds s'il te plait, criai-je à travers la porte.

- Je t'apporte un verre d'eau, ajoute Chloé.

Visiblement les huitres sont mal passées. On a décidé de se faire le bon resto de la plage qui nous fessait de l'œil depuis notre arrivée. Emmy a voulu se faire plaisir avec ses fruits de mer préférés mais à en constater son état ce n'était pas la meilleure idée. J'entends Nina râler derrière moi et dire qu'elle va mettre une mauvaise note sur tripadvisor, *fou rire intérieur !*
Emmy est vraiment mal et rend tout son repas. Tant pis pour la dernière soirée nous ne sortirons pas. Les filles sont déçues et Emmy insiste pour que nous sortions faire la fête sans elle. Moi je refuse cette idée et préfère prendre soin d'elle. Les filles me

suivent et proposent une soirée films d'amour. *J'adore !*

Emmy menace d'aller se coucher immédiatement si l'on met ce genre de film, elle les déteste depuis qu'elle n'est plus avec Sandro. Ils se sont séparés il y a plusieurs mois, mais après plus de deux ans de relation elle a du mal à s'en remettre. Depuis elle crache sur tout signe d'affection, de tendresse, ou d'amour qu'elle puisse voir. Alors les films romantiques ça ne sera pas pour ce soir.

En effet l'ambiance change radicalement puisqu'on finit par mettre Conjuring, *par sûr que ça aide à remettre l'estomac en place…* Puis finalement je constate que cette soirée tranquille ne fait de mal à personne puisqu'au bout d'à peine trente minutes nous avons perdu deux soldats.

*

Le réveil de Chloé sonne tôt ce matin. Nous devons faire nos valises et nettoyer l'appartement pour rendre les clefs à onze heures. Comme à son habitude Nina se lève vingt minutes après tout le monde et de mauvaise humeur, *mais on s'y habitue*, puis en général après son café ça va mieux. Nous nous répartissons les tâches et le ménage est fini en un rien de temps, *ce n'est pas comme si on avait un palace à récurer.*

Ce petit appartement va me manquer, il est très fonctionnel et nous avons passé de bons moments dedans, surtout avant de sortir le soir. La musique à fond, on défilait chacune notre tour dans le couloir pour demander un avis sur la tenue qu'on allait porter. La salle de bain devenait un champ de bataille entre les serviettes étalées sur le sol, les trousses de maquillage éventrées, les lisseurs, boucleurs et autres appareils chauffants dont les câbles trainaient autour des vasques. J'adorais ces moments où l'on se préparait comme pour monter les marches de cannes, *sauf moi.* J'étais toujours celle qui était habillée et maquillée le plus simplement. Je ne me sentais pas à l'aise dans des tenues trop extravagantes. Les filles, elles, assumaient leur style et ça leur allaient à ravir.

J'ai toujours été dans la simplicité et ça m'allait bien, mais j'avoue que parfois je me sentais un peu nulle face à elles qui étaient si sexy et assumées, *pas étonnant que n'ai toujours pas de petit ami.* Je coupe court immédiatement à mes pensées car c'est un terrain glissant que de parler de ma vie amoureuse, *inexistante.*

Le propriétaire me rend mon chèque de caution et nous descendons non sans effort les trois étages sans ascenseur avec nos valises. Je commence à percevoir sur le visage de mes copines une certaine mélancolie de quitter notre lieu de vacances. J'ai pris soin de commander un Uber hier soir, et heureusement il est à l'heure, très galant il range nos bagages dans le coffre. Pendant trente secondes je crains qu'il ne puisse pas le fermer. *Ça passe !*

*

Une sonnerie retentit et une voix féminine très douce nous annonce l'arrivée en gare. Je réveille les filles et nous nous levons pour aller chercher nos bagages.

Je suis tellement contente de retrouver ma famille que je leur saute dans les bras. Il manque Raph et ma mère m'explique qu'il passe la journée chez un ami. Je pose mon sac, laisse ma valise à côté de la voiture et retourne dire au revoir aux filles.

Je mettais préparée à ça des centaines de fois dans ma tête depuis que j'ai appris qu'on allait déménager, mais c'est beaucoup plus dur en vrai. Je sais que je ne les reverrai pas avant la toussaint au moins, *et je suis optimiste*. Je ne peux retenir une larme. On se prend dans les bras et nous nous promettons de s'appeler au moins une fois par semaine sur notre groupe WhatsApp. Je leur souhaite bonne chance pour leurs rentrées respectives.

Emmy et Nina intègrent la même école de commerce à Lyon. Chloé par vivre en suisse chez une tante pour travailler dans son hôtel de luxe en alternance. Au fond de moi je sais que je ne les reverrai certainement pas, ou du moins très rarement et séparément. Nous nous adressons un dernier au revoir digne d'un film dramatique et je les laisse.

*

Je n'arrête pas de parler de toute la route, ça m'empêche d'y penser. Je raconte comment se sont passé mes vacances entre copines et je peux voir à l'expression de mes parents qu'ils sont contents pour moi.

Une fois à la maison je m'affale sur le canapé et met au moins une heure à me motiver pour ranger mes affaires, faire mes lessives, et finir mes derniers cartons…

L'idée de quitter cette maison me déprime et avoir nié ce fait tout l'été ne m'a pas aidé à l'accepter. J'y ai passé quasiment toute ma vie et tous mes souvenir sont ici, une discussion avec ma mère à ce sujet me revient : « *non June ils ne sont pas ici tes souvenirs, ils sont avec toi, dans ta tête, dans ton cœur et peu importe où la vie te trimballera tu les amèneras avec toi. C'est une nouvelle vie qui commence ma chérie et je sais que c'est déstabilisant pour toi que tout va être chamboulé mais tu vas voir tout va bien se passer…* » ça me réconforte autant que ça m'énerve de repenser à cette discussion. Car je sais que ma mère ne pensait pas un mot de ce qu'elle disait. Elle est aussi déprimée que moi de devoir quitter notre campagne, elle doit abandonner sa boutique de vêtement et ses amies. Tout ça pour s'installer dans un je ne sais combien de mètre carré mais moins que ma maison ça s'est sûr, *à Paris !* Voilà je l'ai dit, à Paris. On dirait que depuis que mes parents me l'ont annoncé, fin juin, cette ville n'existe plus dans mon cerveau. *Je vais vivre à Paris putain…*

Mon père est directeur commercial pour l'Oréal Paris et il y a quelques mois il a été promu directeur marketing. Ce nouveau poste nécessite sa présence quotidienne au siège. Il a d'abord réfléchi puis les numéros en bas de la fiche de salaire l'ont convaincu. Mais le problème fut qu'il ne voulait vraiment pas partir le dimanche soir pour passer une semaine, seul à l'hôtel, et rentrer le vendredi. De plus, ma mère souligna le fait que Paris sera idéal pour mes études et si nous y habitions tous ensemble à l'année ce serait plus confortable. Je me souviens combien j'avais été énervée de servir de bon prétexte pour déménager. Je sais pertinemment que mes parents détestent les grandes villes, mais ils seraient prêts à tout pour garder notre famille soudée. Heureusement nous ne nous installerons pas à Paris même, mais en banlieue, vers Saint-Germain en Laye, *je crois que c'est ça le nom.*

Mes parents ont déniché une petite maison dans un quartier résidentiel, apparemment tranquille. *Mon grand jardin et le calme allait tellement me manquer...*

Le déménagement était prévu pour dans deux jours, nous débarquerons la veille de la rentrée, *super le temps d'adaptation.*

Je vais étudier la psychologie à l'université Paris Nanterre.

Ça y'est je commence à avoir le trac, je repense à ma rentrée en primaire, *je déteste être nouvelle !*

J'essaye de distraire mon attention en me reconcentrant sur mon bureau à vider. J'en profite pour bazarder tous mes cours du lycée qui ne me serviront certainement plus à l'université.

***

La sonnerie de mon téléphone me tire d'un sommeil profond, *pourtant je ne me rappelle pas avoir programmé de réveil*, c'est Emmy en face time :

- Allo ?! je te réveille ou quoi ? il est 12h mademoiselle ! cri-t-elle à travers le téléphone.

- Hein ?! déjà…

- Bon meuf, je viens de poser mes derniers cartons, regarde ! me dit-elle toute excitée.

Elle me fait visiter son appartement à Lyon. Il est petit mais il a l'air chouette et je sais qu'elle saura très bien le décorer. Elle me pose sur une étagère et nous discutons pendant qu'elle déballe ses affaires. Nous sommes samedi, la rentrée c'est après demain, je ne réalise pas encore que nous rentrons en étude supérieure.
Ma mère a dû m'entendre parler, elle ouvre ma porte pour me prévenir qu'ils passent à table. J'ai vraiment du sommeil à rattraper pour me réveiller à une heure pareille. Je raccroche, enfile un short de sport, des claquettes et rejoins tout le monde pour déjeuner.
Nous nous installons dehors sur la terrasse et profitons du dernier repas au soleil. Après

avoir débarrassé la table je me pose dans une chaise longue avec mon livre. C'est une romance qui raconte la vie de deux adolescents atteint du cancer qui tombent amoureux à l'hôpital et se soutiennent mutuellement. C'est une histoire très touchante et j'arrive d'ailleurs sur la fin. Je marque une pause dans ma lecture et m'imagine vivre une histoire d'amour. *Je ne suis jamais sorti avec personne.*

Je sais que ce n'est pas mon physique qui repousse car j'ai déjà reçu des compliments, mais je pense que je suis trop réservée et pudique. Puis en réalité aucun garçon ne m'a jamais attiré. Je n'ai jamais ressenti de picotement ou de papillons dans le ventre comme peuvent le décrire mes copines. Même les plus beaux garçons du lycée ne me provoquaient aucune réaction. Je suis amie avec eux mais c'est tout. Et maintenant ça commence à me peser. J'aimerai moi aussi tomber follement amoureuse et vivre un tas de nouvelles choses. Même si j'ai pu constater en assistant à la rupture d'Emmy à quel point la chute peut faire mal, *je crois que j'aimerai quand même connaitre ce sentiment.*

La route est longue jusqu'à Paris et j'ai fini mon livre donc je m'ennuie un peu. Le garçon est mort, *j'ai pleuré*, sa copine aussi. Mes frères jouent sur leur téléphone en écoutant de la musique et je décide de faire pareil, en espérant que le temps passe plus vite. Le camion de déménagement est devant nous et j'imagine comment je vais pouvoir aménager ma nouvelle chambre.
Papa m'a prévenu, elle est plus petite que celle que j'avais et il n'est pas sûr que je vais avoir assez de place pour ma bibliothèque. D'ailleurs j'ai hâte de découvrir les librairies parisiennes, *non, non, non je n'ai pas hâte d'aller à Paris ! me rappelle ma petite voix*. Nous nous arrêtons manger un bout sur une aire d'autoroute. Je mange mon panini, un peu distraite, quand une notification me ramène sur terre. C'est un mail de l'université pour rappeler que la rentrée c'est demain, *comme si je pouvais oublier,* et qui précise les horaires ainsi que le bâtiment et la salle dans laquelle se rendre pour assister à l'accueil des premières années.

***

Il est bientôt 17h et nous arrivons enfin dans notre nouveau chez nous. La maison est nettement moins grande que l'ancienne mais elle est mignonne ; il y a un petit terreplein devant qui est joliment fleuris et une allée en dalle mène à la porte d'entrée. Noah rentre en premier, il est surexcité à l'idée de découvrir l'intérieur, *je ne comprends pas son enthousiasme.*

Je crois que maman remarque mon manque d'entrain car elle pose sa main sur mon épaule et me sourit avec un air compatissant. Je pénètre enfin dans la maison ; l'entrée est petite mais j'apprécie le grand miroir qui s'y trouve. Nous arrivons directement au salon ouvert sur la salle à manger qui elle-même donne sur la cuisine mi- ouverte, *ou mi- fermée tout dépend du point de vue.* Tout est décoré dans des tons neutre ce que j'apprécie directement. Il y a un canapé d'angle, une grande télé et entre les deux une petite table en bois clair posée sur un grand tapis tressé. Dans la salle à manger une grande table pour six éclairée par un joli luminaire suspendu, occupe tout l'espace. La cuisine est un peu petite mais j'aime le style moderne noir et blanc, bien qu'en y pensant ça ne va pas trop avec le reste de la salle.

Noah et Raphaël débarquent en furie des escaliers réclamant leurs cartons. Nous créons une chaine du camion jusqu'à la porte ; papa réceptionne les cartons que le déménageur lui descend, il les passe à maman qui me les donne et je les passe à Noah qui les déposent dans l'entrée pour que Raph aille les mettre directement dans les bonnes pièces. Il n'y eu pas beaucoup de travail étant donné que nous louons la maison meublée. Nous avons simplement apporté quelques meubles qui allait dans les chambres ou dans le bureau ainsi que nos affaires respectives. J'arrive dans le couloir du haut qui desserre la salle de bain, le bureau et les quatre chambres.

La distribution des piaules se déroule étonnement bien, tout le monde se met d'accord en un rien de temps et c'est réglé.

L'atelier déballage de cartons et rangement dure au moins deux heures. Ma chambre est effectivement un peu plus petite que mon ancienne et papa avait raison, je n'ai pas la place pour y mettre ma bibliothèque. Elle ira dans le bureau. Un pan de mur est quasiment inexploitable car mon placard encastré en occupe presque toute la largeur, je décide alors de mettre sur le mètre de mur restant, mon miroir sur pied et ma fausse plante. En face de la porte il y à la porte fenêtre qui donne sur mon petit balcon où j'ai juste la place pour une chaise. À droite de la fenêtre

j'ai mis mon bureau et en face il y a mon lit collé au mur avec une petite table de chevet à sa gauche. C'est fonctionnel et finalement assez aéré, j'aime bien. Je rajoute les dernières décorations ; une guirlande lumineuse sur le cadre de mon miroir, un petit tapis à côté de mon lit, ma fontaine à eau sur mon bureau et la lampe de chevet.
Quelque chose me dérange… *mais oui tous les murs sont blancs, c'est triste !*
Il faudra que j'achète des cadres ou une grande tapisserie murale pour accrocher au-dessus de mon lit.

Il est déjà 20h, nous n'avons pas mangé et demain tout le monde reprend le boulot, sauf ma mère qui doit trouver un nouvel emploi. On se fait livrer chinois.
Premier repas dans la nouvelle maison. Je m'y sens plutôt bien et c'est un bon point, car même si je n'ai pas envie d'être ici je n'ai pas le choix alors autant y trouver des avantages tout de suite.

*

Je sors d'une bonne douche purifiante, saisi mon téléphone et appelle Emmy en face time la serviette encore sur la tête. Elle décroche immédiatement et son visage apparait sur l'écran. Je lui montre ma chambre, qu'elle trouve très cool. Mais ce n'est pas le but de mon appel, demain je rentre à l'université et je n'ai aucune idée de ce que je vais porter. Je veux faire bonne impression sans en faire trop et surtout en restant moi-même. En moins de temps qu'il faut pour le dire, les vêtements que j'ai soigneusement rangés dans mon placard une heure avant, se retrouvent éparpillés sur mon lit. Emmy et moi hésitons entre deux tenues, *qui n'ont… rien à voir.*

Finalement après trente minutes à peser les pours et les contre de chaque assortiment, *oui c'est toujours un grand débat*, j'opte pour un pantalon noir fluide avec un pull blanc accompagné de bottines en cuir noires et d'un trench beige. Je prépare mon sac tout en imaginant avec Emmy à quoi ressemblera le beau gosse du campus. Je n'ai pas vu l'heure passer et nous raccrochons à 22h. Je programme un réveil plus tôt que nécessaire pour ne pas risquer d'être en retard pour le premier jour, et m'endors devant ma série préférée en pensant à demain.

Septembre

Le jour commence tout juste à se lever, j'attends sur le quai de la gare, les muscles crispés par le froid parisien. Je suis d'ailleurs très entonnée de constater que je suis la seule à le ressentir, la plupart des gens ne portent d'un simple sweat ou encore pire un tee-shirt. Le train de 7h15 arrive. Il est bondé et je vais devoir passer le trajet debout, à lutter contre la fatigue. Je sens le stress monter au fer et à mesure que l'on passe les arrêts, je décide alors d'écouter du jazz, ça me détend en général.

Une voix robotique annonce mon arrêt, je me prépare à descendre et un creux se forme dans mon estomac. *Je n'ai rien pu avaler ce matin et je le regrette déjà.*

Lorsque j'arrive devant l'université je décide de prendre un air confiant et rassuré. Je ne m'attarde pas devant le grand portail ouvert, où plusieurs petits groupes fument tel des trains à vapeur, et me dirige directement vers le bâtiment C comme indiqué dans le mail d'hier.

Je pénètre dans la bâtisse et dieu merci des flèches et des pancartes indique le chemin à suivre pour se rendre dans l'amphithéâtre 4. Je décide de m'asseoir dans une rangée ni trop haute ni trop basse sur un siège au milieu. Je constate qu'il n'y a pas beaucoup de gens installés, je regarde mon téléphone, j'ai quinze minutes d'avance.

*

Je sors de mon premier cours d'histoire de psychologie à midi et demi. Le prof était un peu mou mais je vais mettre ça sur le dos de la rentrée.

Je ne reprends pas les cours avant 14h, alors j'en profite pour faire un tour du campus qui m'a paru immense ce matin, mais que le trac m'a empêché de visiter.

Dans le bâtiment C il n'y a que des amphithéâtres et une cafetcria. Je repère la bibliothèque dans le bâtiment A, *je sais déjà que j'y passerai tout mon temps libre.*

À l'arrière des bâtiments, s'étend un grand espace verts assez arboré et agrémenté de table de pique-nique.

Plus loin, deux bâtiments attirent mon attention, je me souviens du plan qu'on nous a donné en première heure et constate que ce sont une piscine et un théâtre, *sympa !*

J'ai faim et décide de chercher une boulangerie à proximité. J'avance vers la sortie du campus, un peu dans la lune, *comme d'habitude.*

Et ce qui devait arriver arriva, je bouscule quelqu'un sur mon passage. Je fais volte-face et m'excuse spontanément :

- Oh ce n'est rien t'inquiète, me répond gentiment la fille.

Elle a un carré blond, les yeux d'un vert perturbant et plusieurs grains de beauté sur le visage, *elle doit en faire craquer plus d'un.*
Je lui souris et elle reprend sa route, *ce doit être une deuxième année.*
J'arrive en moins de dix minutes à la boulangerie indiquée sur plan de mon téléphone. Le soleil est là, et une petite chaleur agréable se fait sentir. Je retire mon pull pour laisser place à mon tee-shirt manches courtes bleu marine, *un peu trop décolté, ce qui me met mal à l'aise.*
J'achète une salade césar et un chausson aux pommes que je déguste dans un petit parc à proximité. J'aime bien manger tranquille c'est pourquoi je ne retourne pas sur le campus. Ma petite voix me rappelle qu'il serait temps que j'aille à la rencontre de nouvelles personnes pour essayer de me faire des amis. J'étais tellement stressée ce matin que je n'ai même pas adressé un regard à quiconque.

*

Il me reste vingt minutes avant de retourner en cours, j'en profite pour aller découvrir la bibliothèque. Une dame d'une cinquantaine d'années m'accueille très aimablement. Elle m'explique qu'il me faut une carte d'accès pour pouvoir utiliser les ordinateurs ou emprunter des livres. Elle demande ma carte d'identité, ma carte étudiante et mon attestation d'inscription, en cinq minutes ma carte est faite.

Ma salle de cours est à l'autre bout des bâtiments, je m'y rends de ce pas. J'arrive encore avant tout le monde. Je sors de mon sac de quoi noter et cherche un chewing-gum :

- Salut !

Je relève la tête pour découvrir mon interlocuteur, *ou mon interlocutrice.*
C'est la fille de tout à l'heure, *elle est nouvelle aussi alors*. Je lui adresse un grand sourire et la salut à mon tour. Elle s'assoie à côté de moi, ce qui me surprend. Il reste quelques minutes avant le début du cours, le prof est déjà là et dispose ses notes sur son bureau. Elle engage la discussion, *ouf...* :

- Pourquoi une licence de psycho ? je m'attendais à plus basique comme question pour commencer, *mais ça me plait parce qu'en fait les questions basiques m'ennuient en général*. Elle a l'air sympa.

- Depuis petite j'analyse tout ce qui m'entoure et en particulier les gens. J'ai une certaine capacité à les sentir, les déchiffrer et j'adore écouter, donner des conseils. On m'a souvent dit que j'étais faites pour aider les gens à aller mieux, et mes amis ont toujours été impressionné par mon soutien sans faille et mon empathie. Alors ça m'a poussé dans cette voix qui m'intéresse depuis le collège. *Je ne peux pas m'empêcher de faire un monologue quand on me pose une question, c'est insupportable.* Et toi ?

- Hm… c'est un des rares domaine qui attise ma curiosité. Mon vrai rêve c'est de devenir créatrice de mode mais les écoles sont beaucoup trop chères. Alors je me suis rabattue sur ça. *Elle doit voir la compassion sur mon visage car elle renchérit* : mais ça va hein j'aime ça !

Ce premier cours de psychologie cognitive fut vraiment passionnant. Je quitte la salle, devancée par… *je ne connais même pas son prénom* :

- Eh au fait ! Je ne t'ai pas demandé, mais, comment tu t'appelles ?

- Alix, dit-elle un peu surprise par ma prise de parole soudaine, et toi ?

- June.

Je vois à sa réaction qu'elle n'a jamais entendue ce prénom, *comme la plupart des gens que je rencontre* :

- Oui ce n'est pas commun, ça vient d'un film américain que mes parents sont allés voir pour leur premier rendez-vous. Ils ont tous les deux beaucoup aimé un des personnages ; une jeune femme pleine de caractère et d'audace, courageuse et d'une beauté admirable- *visiblement le prénom ne fait pas tout… s'exaspère ma petite voix en songeant à ma personnalité totalement opposée à celle de cette héroïne* -et elle s'appelait June.

- Intéressant, mais tu lis souvent dans la tête des gens ?

- Oh non, dis-je un peu gênée, c'est juste qu'on me demande souvent d'où ça vient alors…
- Aha t'inquiètes je plaisantais, *elle a dû remarquer ma gêne.*
Son sarcasme me désarme un peu, mais elle a un très beau rire cela dit.

Le début d'après-midi passe vite, et je profite de mon heure de trou pour aller à la bibliothèque, m'avancer sur mes premiers devoirs. *Ce prof de neurobiologie ne rigole pas.*

Il n'y a pas grand monde et c'est agréable.

Je lève la tête de mon livre pour réfléchir lorsque je croise le regard d'un jeune homme. Il est grand, bien bâti et est habillé simplement. Il porte un pantalon droit crème qui tombe sur des tennis blanches, ainsi qu'un tee-shirt blanc. Ses yeux verts me fixent un instant et je l'observe. Son visage est harmonieux, il a des trais fin ce qui lui donne un air d'ange, *malheureusement d'où je suis-je ne peux voir plus de détails.* Ses cheveux bruns sont un peu longs sur le dessus et dégradé sur les côtés, il est coiffé décoiffer, *trop beau !*

Soudain ma petite voix me hurle de détourner le regard car je dois le fixer depuis au moins une minute. Lui s'est déjà repenché sur son portable et n'a même pas dû faire attention à moi, *même si j'ai l'impression que lui aussi me regardais.*

Mais de toute façon depuis quand je me préoccupe de ça.

Je me souviens d'Emmy qui m'a fait promettre de m'intéresser un peu plus aux garçons que ces 14 dernières années. J'ai un pincement au cœur en pensant à elle. Je décide donc de lui envoyer un message.

<u>À : Emmy <3</u>

Cc, alors ce premier jour ?!
J'ai rencontré une fille qui est en cours avec moi, Alix, elle a l'air sympa. Là je suis à la bibliothèque et je pensais justement à toi. Tu me manques déjà.

Distribué à 15 :46.

Je me remets au travail car mon dernier cours de la journée commence dans vingt minutes.

*

En arrivant dans le salon je retrouve maman affalée sur le canapé devant une série télévisée :

- J'ai passé une vraie journée de mère au foyer me dit-elle avec un ton qui témoigne de sa fatigue. J'étais au supermarché à l'ouverture pour faire un ravitaillement, ça m'a pris au moins deux heures. En rentrant j'ai préparé des repas à l'avance pour éviter de cuisiner le soir, ça m'a ouvert l'appétit donc j'ai mangé. Je me suis pris une demi-heure de pause puis j'ai épluché toutes les offres d'emploi d'internet. J'ai lavé la maison et défaits les derniers cartons. Et c'était déjà l'heure d'aller chercher tes frères au collège. On a fait les devoirs et je viens seulement de poser un cul. Et toi ma chérie ? me demande-t-elle essoufflée de sa tirade.

-   Eh bien… quelle journée ! Moi ça été. Pour l'instant je n'ai rencontré que trois profs et ils ont l'air bien sauf celui d'histoire de psycho il me parait ennuyant.

-   Bien. Tu as rencontré des gens ?

-   Ah oui une fille que j'ai bousculé en guise de bonjour, dis-je en rigolant.

-   Toujours aussi douée, souligne ma mère.

Je lui parle un peu d'Alix et en vérité je n'ai pas grand-chose à dire car je ne la connais pas vraiment. Je ne lui parle pas du garçon de la bibliothèque car elle me bassinera avec pendant les 6 prochains mois.
Je passe dire bonjour aux garçons qui jouent à la console dans la chambre de Raph puis pars me détendre sur mon lit en regardant les

dernières publications sur les réseaux. Mais je me rappelle soudain que mes parents aimeraient bien que je trouve un job, pour commencer à me responsabiliser et à devenir plus autonome financièrement.

Ici, la seule chose qui me semble envisageable c'est de bosser dans un fast food. Je profite de ne pas avoir une montagne de devoir pour envoyer des candidatures aux restaurants près de chez moi et de l'université. En envoyant mes cv machinalement je me demande si j'arriverai à tout gérer ; les cours, un taf, une vie sociale, *je l'espère*, et avoir du temps pour moi.

Je suis déjà en retard, le deuxième jour, *c'est désespérant soupire ma petite voix*, je n'ai pas le temps de me coiffer convenablement, j'attrape un chouchou noir et redresse mes cheveux en chignon.
J'attrape mon sac, une veste à la volée et claque la porte.

J'arrive pile à l'heure à l'amphi et par miracle je trouve une place parmi la foule. Je suis complètement sur le côté, je n'aime pas cette place. C'est mon premier cours de psychologie sociale et je sens que je vais adorer cette matière. La prof se présente, *enfin une femme !* Madame Allin doit approcher de la cinquante et la presque totalité de sa chevelure est déjà blanche, ça lui donne un charme. Ses cheveux lui arrivent aux épaules, elle est très élégante dans son ensemble de tailleur gris souris. En revanche elle a une voix plus aiguë que je ne l'imaginais et c'est assez désagréable à entendre.
Le cours passe à une vitesse folle, je suis complètement absorbée par son contenu et je ne prends même pas la peine de regarder si Alix est dans la salle.

Tout le monde se précipite dehors et je sors dans les derniers. Je fonce vers l'esplanade pour prendre un peu l'air. Dehors je tombe sur Alix déjà installée sur un banc son téléphone à la main, je dois faire un effort et aller la voir, *sinon je resterai seule toute l'année.*

- Salut !

- Oh June ça va ? *Ouf je ne la dérange pas.*

- Oui super, je peux m'asseoir ?

- Grave ! *J'adore son enthousiasme.*

Nous profitons des quelques minutes de pause dont nous bénéficions pour faire plus ample connaissance. Ses parents sont divorcés depuis qu'elle a trois ans, elle est fille unique et est passionnée de danse (et de mode) mais elle a dû arrêter en terminale pour avoir le temps de bosser. Elle me confie qu'elle aimerai beaucoup reprendre mais attend de voir le rythme des cours. C'est agréable de discuter avec elle car j'ai l'impression de déjà la connaitre.

*

Nous entrons en cours de psychologie clinique et à peine la porte passée nous nous échangeons un regard étonné. Je suis sûre que nous sommes surprises par la même chose. Le professeur est incroyablement… jeune, et… beau. Instinctivement nous nous installons dans les premiers rangs et je dois avouer que tous les sièges sont occupés par des filles, ah non il y a un garçon, *il est gay c'est sûr*. Le professeur se présente mais je n'écoute pas un mot de ce qu'il dit. J'admire sa prestance. Qu'est-ce qu'il est charismatique ! Ses cheveux sont coupés court et presque noir, ses yeux sont d'un bleu profond, il porte un pantalon de costume noir et une chemise noire avec le col ouvert et les manches retroussées. Pas de chaussure de ville mais des mocassins noirs en cuire, *il n'est peut-être pas si jeune que ça finalement, ricane ma petite voix.*
Un style décontracté mais qui en jette pourtant. Je suis captivée par son allure, je regarde Alix, elle ne semble plus perturbée et elle note assidument chaque commentaire du prof. J'ai envie de me mettre une baffe, ça fait un jour que je suis à l'université et je commence déjà à divaguer.
Non seulement ce n'est pas le moment de perdre mon temps avec les garçons mais encore moins avec un prof. Je me reprends et décide de suivre le cours de monsieur

David. J'observe les diapositives projetées sur l'immense tableau blanc et j'ai l'étrange impression qu'il me regarde. Je jette un coup d'œil et il détourne les siens. Je ne m'affole pas, il doit forcément poser son regard quelque part et c'est tomber sur moi c'est tout.

Étrangement le cours me parait interminable et je ne sais pas pourquoi mais je ne suis pas très à l'aise si près de cet homme. Je le surprends deux fois de plus en train de me regarder mais d'une manière assez… étrange. Mon intuition me dit que c'est bizarre mais je m'efforce de rester rationnelle. Soudain je panique, il me regarde peut-être parce que j'ai quelque chose sur le visage, une trace de dentifrice, un bouton blanc affreux, de la morve ?!

Monsieur Charisme annonce la fin du cours et je me précipite dans les toilettes les plus proche. Je constate avec soulagement que rien de ce que je ne m'étais imaginé n'est sur mon visage. *Mais alors pourquoi m'observait-il ?*

Je chasse ces interrogations futiles de mon esprit et sors pour aller chercher une barre de céréales à la cafeteria. Mais à l'instant où j'ouvre la porte des toilettes je tombe sur lui. Il ne s'arrête pas dans sa marche assurée mais se retourne et m'adresse un sourire, qui

curieusement n'a rien de sympathique. *Là
c'est vraiment chelou.* Je secoue la tête et me
rend au distributeur.

Je m'installe au bar contre la baie vitrée et
songe à ce professeur, comment dire,
énigmatique. Alix me tire de mes réflexions
en me tapant l'épaule :

- Bah alors ça va ? Tu t'es carrément sauvé
après le cours, il te fait tant d'effet que ça ?
me taquine-t-elle.
Je ne veux pas la laisser percevoir mon
trouble et rigole à sa moquerie.

- Non du tout, j'avais une envie pressante.
Elle me scrute d'un air malicieux et rit. *Je ne
comprends pas ce qui l'amuse autant.*

- Bon si on s'échangeait nos numéros de
téléphone parce que je ne vais pas te courir
après dans tout le campus dès que tu
disparais.
Son aplomb me faire rire intérieurement et
encore une fois j'ai la sensation d'être sa
copine depuis déjà longtemps.

Je rentre son contact dans mon répertoire et
nous décidons d'aller ensemble à la
bibliothèque avant d'aller manger. Il est
11 :45 nous reprenons les cours dans plus de
deux heures.

Nous nous installons sur une table ronde près des étagères dédiées à la psychologie. Je craignais de ne pas pouvoir me concentrer en présence de quelqu'un et qu'elle ne soit pas sérieuse sur les devoirs. Mais je suis agréablement surprise de constater qu'elle est aussi consciencieuse que moi.

*

Je déteste chercher des livres dans la bibliothèque je dois me tordre le cou pour essayer le lire les titres sur les tranches et je mets toujours une éternité à trouver ce que je veux. Pour la deuxième fois de la semaine, *qui pour l'instant n'a duré que deux jours,* je bouscule quelqu'un. C'est le garçon d'hier qui est en train de regarder le rayon dos à moi, on se retourne en même temps et je m'excuse de l'avoir heurté. Il murmure un « hm... » accompagné d'un rictus hypocrite en guise de réponse. *Ben ça alors il est sympa.* Je fronce les sourcils décontenancés face à tant d'indifférence, mais il ne s'attarde pas sur moi et quitte l'allée.

Une fois que j'ai trouvé mon manuel je retourne m'asseoir et j'ai de nouveau le regard posé sur lui. Il travaille à un poste informatique, ses doigts tapent sur le clavier à une vitesse impressionnante. Il parait... indifèrent à ce qu'il fait.

N'y a-t-il donc pas de garçons agréables dans cette université, *tu n'en as croisé que deux me rappelle ma petite voix*. Il tourne sa tête et me regarde à son tour, *merde il a senti que je l'observais*. Je panique et replonge le nez dans mon bouquin.

*

C'est déjà vendredi, la semaine est passée vite. J'ai passé tout mon temps avec Alix et depuis hier on traine un peu avec Marc un gars en cours avec nous. Il est super sympa et assez mignon mais pas vraiment mon style, *depuis quand j'ai un style de mec ?*
Il nous a abordé hier à la pause mais je crois qu'il abordait plus Alix que nous deux.
Il est grand, brun aux cheveux frisés, le teint halé et ses yeux sont presque noirs. Il a un petit groupe de potes nous a-t-il dit mais ils ont peu d'horaires en commun et il nous apprécie bien, donc il est souvent avec nous.

C'est la pause de l'après-midi, il y a un grand soleil et je me félicite d'avoir opter pour la robe pull et les collant, c'est la tenue parfaite pour cette période de froid matinal et de douce chaleur en fin de journée.

Mon téléphone sonne, c'est Emmy, j'ai complètement oublié de l'appeler cette semaine. Nous passons seulement quelques minutes à discuter mais cela nous suffit à nous raconter l'essentiel. Emmy s'est trouver des copains ; James, Lilou et Jacob apparemment ils sont très sympas et connaissent bien Lyon, elle veut me les présenter. Ses cours se passent bien mais elle a beaucoup de travail et ses voisins du dessus sont des bêtes en chaleur qui dérange ses nuits. La manière factuelle qu'elle a de raconter tous ces évènements me fait sourire. Je lui parle du garçon de la bibliothèque et de Marc mais quelque chose me dit de garder pour moi les regards mystérieux de monsieur David. Je raccroche avec une certaine mélancolie, elle me manque. Soudain Marc surgit de nulle part l'air enjoué :

- Bon les filles on fête le début d'année demain soir chez moi et je veux que vous soyez là !

- Compte sur nous, répond instinctivement Alix sans me consulter.

Est-ce que j'ai envie d'y aller ? Ma réflexion ne dure qu'une demie seconde. *Bien sûr que je veux y aller, c'est l'occasion à ne pas manquer pour m'intégrer et rencontrer des gens cools.*

- Ok parfait, ce sera dans l'appartement que je loue avec mon cousin à Levallois Perret c'est à 30 min d'ici en transport. Je vous enverrai l'adresse par message, habillez-vous class et ramenez quelque chose si vous pouvez ! Il disparait comme il est venu.

Je ne sais même pas si mes parents seront d'accord pour une soirée dès la première semaine. Je réfléchis déjà à quelle tenue je pourrai porter, mais il me semble que je n'ai rien d'adapter à ce genre de soirée parisienne dans ma garde-robe.

J'ai cours avec monsieur David pour finir cette journée, et je n'ai pas très envie d'y aller, cet homme ne m'inspire pas confiance. J'arrive presque en retard dans la salle mais je constate en entrant que le prof n'est pas là, *ouf...*

- Vous êtes en retard Mademoiselle, me surprend une voix grave derrière moi.

C'est lui. Il arbore un sourire difficile à définir, je dirai entre vicieux et mal placé. Sa remarque n'avait pourtant rien d'un reproche.
Il me dépasse et j'ai envie de lui répondre que lui aussi est retard, mais je ferme ma

bouche. Durant l'heure et demie je n'ai cessé de capter des regards déplacés à mon égard et ça commence vraiment à me perturber. Je ne fais même plus attention à son charisme déconcertant car je le trouve de plus en plus étrange.

*

Dès la fin du cours je sors d'un pas décidé bâtiment, lorsque quelqu'un apparait à ma gauche, adoptant le même rythme de marche que moi. Je n'ai même pas besoin de tourner la tête pour savoir que c'est monsieur David, je le reconnais au bruit de ses mocassins sur le parquais. *Mais qu'est-ce qu'il me veut à la fin ?*

- Très jolie robe. Mademoiselle… ? *Il me demande mon nom la ?*

- Bazé, June Bazé, répondis-je d'un ton méfiant, et merci…

Il me dépasse et pénètre dans une salle de réunion quelque mètres plus loin. Ce type est vraiment bizarre. Je reprends ma marche vers la sortie et aperçoit, adossé au mur à côté des portes automatiques, le garçon de la bibliothèque. On dirait qu'il était en train de m'observer. Je m'arrête à son niveau le temps que les portes s'ouvrent, j'avance mais il m'attrape le bras. Mon cœur fait un bond dans ma poitrine :

- Tu devrais éviter ce type, gronde-t-il.

Mais c'est une blague qu'est-ce qu'ils ont dans cette université. Il remarque ma surprise et mon incompréhension mais ne décide pas de m'éclairer et s'éclipse. *C'était vraiment étrange.*

*

L'eau chaude est très réconfortante après ce genre d'évènement, *je suis vraiment trop sensible.*
Je décide de ne plus y penser et de me décontractée. Raph tambourine à la porte et me presse de libérer la salle de bain.

Je profite d'être à table dans une ambiance conviviale pour parler de la soirée de demain chez Marc. Ma mère se montre tout de suite enthousiaste à cette idée et à hâte que je me fasse des amis. Mon père, plus prudent, me demande l'adresse, le nombre d'invité, mon moyen de transport et m'impose, avant même de me donner l'accord d'y aller, un couvre-feu. Bon, il est un peu pénible parfois avec toutes ses règles mais je sais que c'est pour me protéger et à vrai dire je ne connais pas la vie à Paris alors il vaut mieux être raisonnable. Il m'accorde finalement le droit d'y aller mais insiste pour m'y emmener en voiture, il ne veut pas que je prenne les transports en commun en tenue de soirée la nuit dans ces quartiers, *moi non plus en y réfléchissant.*

*

Le soleil me réveil tôt, *trop tôt pour un samedi matin.* Toute la maison est encore endormie. Je profite d'avoir la télé pour moi et prend mon petit déjeuner devant une série en réfléchissant à mon programme de la journée. C'est alors que je réalise que je n'ai rien à me mettre ce soir. Je décide alors d'envoyer un message à Alix pour lui proposer un peu de shopping dans l'après-midi.

La matinée passe assez vite, j'ai revu les notes de mes cours de la semaine et traiter quelques devoirs pour ceux à venir. Ensuite je suis allée courir dans le parc de la ville, *très joli.* Cet été n'a pas été riche en sport et la reprise est dur.

Je suis en train de me préparer quand je reçois un message :

<u>De : Alix</u>

Hey ! T'es une lève tôt toi ! Toujours partante pour un peu de shopping, je te montrerai les meilleures boutiques. Je passe te chercher vers 15h ? envoie-moi ton adresse.

Reçu à 11 :47

<u>À : Alix</u>

Je ne savais pas que t'avais le permis, trop cool.
15 rue du peuplier, Saint germain en laye. A tte !

Distribué à 11 :48

*

J'entends une voiture s'arrêter devant chez moi. Elle est un peu en avance mais je suis prête. J'enfile une paire de basket et la rejoins. Elle conduit une petite Clio grise, *c'est vraiment sympa pour une première voiture !*

Elle m'emmène dans un centre commercial gigantesque et bondé. Ça change des petites boutiques du centre d'Alba la Romaine. Au moins ici il y a tout ce qu'il faut. Mission du jour : trouvé une tenue de soirée chic parisienne en restant sobre, *un peu chiante comme fille me dit ma petite voix.* Nous parcourons les boutiques du centre en apprenant à faire connaissance.

Alix me parle de son premier amour, Baptiste ; ils se sont connus en primaire et se sont suivis jusqu'en terminale mais ce n'est qu'en troisième qu'ils se sont vraiment avoués leurs sentiments. Je trouve cette histoire absolument adorable. Malheureusement Baptise a couché avec une autre cet été et Alix ne lui pardonnera jamais. En plus il est parti en étude de commerce international à Londres alors aucune chance de le recroiser un jour et de retomber sous son charme.

Quand elle me demande de parler de ma vie amoureuse je deviens toute rouge, gênée de n'avoir rien à raconter. Elle me dit que c'est une bonne chose car, elle, depuis cette histoire elle n'a absolument plus confiance en elle et a le cœur en miette, même si on a l'impression que c'est la fille la plus heureuse et confiante du monde. Ça me fait un peu de peine d'entendre ça. *Pourquoi les histoires d'amour font-elles toujours autant de mal ?*

Nous continuons nos emplettes jusqu'en fin d'après-midi. J'ai trouvé la tenue idéale pour ce soir ; une robe blazer blanche qui met en valeur mes fesses, d'après Alix. Je décide de porter une paire d'escarpins noire que j'ai déjà dans ma penderie et d'accessoiriser le tout avec une pochette noire vernis qu'Alix me prêtera.

Elle, s'est acheté une robe à paillettes grise pour les 18 ans de sa cousine, absolument incroyable, *et incroyablement chère.*

Nous finissons cette petite escapade par une pause gouter dans un café du centre commercial. Je découvre alors que nous avons les mêmes gouts en termes de pâtisserie.

*

Il est 20h, la soirée commence dans trente minutes mais Alix m'a conseillé d'arriver avec un peu de retard, *pour éviter le moment gênant ou personne n'est là.* J'ai enfilé ma tenue toute neuve, me suis bouclé les cheveux et j'ai mis un peu de fards à paupière irisé et pour finir un peu de gloss. Je me sens jolie pour une fois et assez confiante quant à cette soirée. Je suis déterminée à faire de nouvelles connaissances.

*

Je descends de la voiture de mon père et décide d'attendre Alix devant l'immeuble :

<u>À : Alix</u>

Je suis devant l'immeuble je t'attends pour monter. T où ?

Distribué a 20 :56

<u>De : Alix</u>

Je suis à l'épicerie en bas de la rue j'arrive !

Reçu à 20 :59

Après quelques minutes d'attente, Alix apparait au bout de la rue les bras chargés de bouteilles d'alcool.
Elle est magnifique dans sa robe noire en satin assez courte, mais qui ne fait pas du tout vulgaire sur elle. Le vert de ses yeux ressort grâce au trait noir qu'elle s'est fait en bas de l'œil :

- T'as ramené quoi ? me questionne-t-elle.

- Heu… un paquet de chips et du jus d'orange… je suis un peu gênée d'avoir ramené le nécessaire pour un gouter d'enfant.

- Parfait parce que tout le monde ramène de l'alcool mais on n'a jamais rien pour le diluer !

La fête bat déjà son plein quand nous entrons dans l'appartement, il y a au moins 50 personnes, *je crois que la surface restreinte de cet appartement n'a jamais été aussi bien rentabilisée.*

Les gens dansent leurs verres à la main, la cuisine est devenue le coin fumeur officiel de la soirée et les canapés les vestiaires visiblement. Je ne me sens pas vraiment à l'aise dans cette boite de nuit improvisée.
Alix salut pas mal de gens sur notre passage et me conduit jusqu'à une chambre où l'on décide de mettre nos affaires en sécurité. *Mais comment connait-elle l'appartement ?* Elle semble aussi lire aussi dans les pensées puisqu'elle m'explique qu'elle est passée hier soir chez Marc pour qu'il lui explique un cours. Je ne sais pas pourquoi mais j'ai du mal à la croire.

Nous décidons de rejoindre la foule et Marc fait enfin son apparition. Sa chemise blanche fait ressortir son teint basané et lui donne un air vraiment séduisant, *tout le monde apprécierait de l'avoir en tant que prof particulier*. Il nous sert un verre et se penche à mon oreille :

- J'ai quelqu'un à te présenter me dit-il en tentant que couvrir le bruit de la musique.

Qu'est ce qui lui fait croire que j'ai besoin d'être présenté à quelqu'un ; *ça se voit tant que ça que ma vie amoureuse n'est que néant ?*

Marc appelle un gars au fond du salon d'un signe de la main. Je deviens rouge, c'est sûr, mais heureusement la pièce est plongée dans le noir et seuls les faisceaux lumineux éclairent l'espace. Un grand blond se présente à nous, il a une mâchoire carrée et des grands yeux. Je n'arrive pas à percevoir plus de détails dans l'obscurité :

- Salut ! Matéo et toi ?

Il a l'air assez à l'aise d'aborder une fille, *ce n'est pas mon cas.*

- June, lui répondis-je après un temps de réflexion.

- T'es en première année de psycho c'est ça ?

Attends…? Marc lui a déjà dressé un portrait de moi ? Je deviens de plus en plus rouge, je sens le sang afflué à mes joues.

Nous discutons quelques minutes de banalités puis ses amis viennent le solliciter pour un beer pong. Je suis soulagée qu'il me libère de cet échange assez inintéressant. Je me rappelle alors m'être promis à moi-même de faire un effort pour sociabiliser.

Il est déjà minuit, je danse avec Alix et deux autres filles très sympathiques avec qui on a parlé en début de soirée.
J'ai vraiment très chaud dans cette pièce surpeuplée et décide d'aller prendre l'air.
J'arrive sur le balcon, essoufflée de cette danse effrénée, m'appuis sur la balustrade et admire la ville éclairée :

- Salut.

Je suis surprise, je n'avais pas vu que quelqu'un était là. Je tourne la tête pour découvrir mon interlocuteur. *C'est le garçon de la bibliothèque ! Qu'est-ce qu'il fait là ?!*

- Oh salut ! répondis-je comme si c'était sympa de le retrouver alors que je ne le connais même pas.

- T'en veux une ? me dit-il d'un air mystérieux en me tendant une cigarette.

Mon premier instinct est de refuser car je n'ai jamais fumé, mais il me semble que c'est le genre de chose à ne pas faire en soirée si on veut passer pour quelqu'un de cool. Alors j'accepte.
Il me l'allume et je tire dessus doucement, la fumée se dépose sur ma langue, le gout est vraiment infect. Nous restons en silence quelques instants et j'en profite pour l'analyser. Son visage est vraiment parfait, je remarque qu'il a des taches de rousseurs sur les joues, *absolument adorable…*
Il porte un pantalon de costume noir et une chemise de la même couleur dont le col est ouvert, *c'est incroyablement sexy comme tenue.* Il regarde dans le vide, il semble dans la lune et je me demande maintenant pourquoi m'a-t-il approché :

- Je suis désolé si je t'ai fait peur hier à la sortie des cours mais tu m'as l'air assez innocente et je préfère te prévenir sur ce genre de type, dit-il pour rompre le silence qui commençait à devenir gênant.

Attend ?! Il vient de s'excuser de m'avoir fait peur en même temps de m'insulter de gamine naïve tout en m'avertissant gentiment sur le prof bizarre, *et merci de me prévenir mais j'avais remarqué. Puis d'ailleurs en quoi ça le regarde ?*

- Ouai, c'est sympa, c'est tout ce que j'arrive à répondre.

Il ne relance pas la discussion et semble être totalement indifférent à ma présence. *Qu'est ce qui cloche chez lui ?*

Je tire une dernière fois sur la maudite cigarette qui me brule la gorge et l'écrase dans le cendrier qui déborde. Alix débarque à ce même instant sur le balcon et m'entraine sur la piste pour danser, *merci !* :

- Alors ? m'interroge-t-elle d'un air coquin.

- Alors quoi ?

- Beh Iago, *ah c'est donc son prénom.*

- Il m'a passé une cigarette c'est tout.

- Tu ne fumes pas ! *comment le sait-elle ?*

Encore une fois elle lit dans mes pensées :

- Écoute en une semaine tu as participe à plus de pauses clopes que dans toute ta vie et tu n'en n'as jamais fumé une seule… *un point pour elle.*

- Ouai on a discuté vite fait, il me disait de me méfier de Monsieur David. D'ailleurs comment tu le connais ?

- C'est un pote de Marc, il étudie le journalisme, c'est un peu un loup solitaire qui passe sa vie à lire des revus ou des bouquins. Elle dit ça comme si ce genre de mec lui inspirait du dégout.

Je ne sais pas pourquoi mais ce garçon m'intrigue, peut-être déjà parce qu'il est vraiment très attirant et que pour la première fois de toute ma vie j'ai ressenti quelque chose en sa présence. *Même si c'était un mélange d'inquiétude et d'attirance assez déroutant, j'ai ressenti quelque chose.*

- Ah ok. C'est tout ce que j'ai à dire.

Alix me fait une moue bizarre et descend son verre d'un seul trait. Elle est vraiment dévergondée à côté de moi. Mais j'aime ça, ça me sort de ma zone de confort ; c'est-àdire les livres, *un point commun avec Iago*, et les séries.

Il est bientôt 2h30 et je vais devoir rentrer, je n'ai pas envie de décevoir mon père pour la première soirée. Je réserve un Uber sur mon téléphone et commence à rassembler mes affaires. Je dis au revoir à Marc et le remercie de nous avoir convié, il est un peu déçu que je parte maintenant, mais trop bourré pour me donner des arguments suffisants pour que je reste un peu. Je ris et me dirige vers Alix qui se trémousse contre un mec, elle n'a pas arrêté de danser depuis qu'on est arrivée. À ma vue elle interrompt sa danse et me serre dans ses bras. Elle aussi est un peu éméchée, elle m'assure qu'elle reste dormir ici, *ce qui confirme mes soupçons sur la nature de sa relation avec Marc, bien qu'elle soit actuellement collée à un inconnu.*

Au moment de fermer la porte derrière moi je croise le regard de Iago assis sur un fauteuil dans le salon, avec une fille sur l'accoudoir qui semble lui déblatérer un tas de chose qui visiblement ne le passionne pas. Ses yeux verts me transpercent au loin, ça me déstabilise et je m'en vais.

Je suis déjà en bas de l'immeuble, il fait froid et je n'ai que ce blazer *mi robe mi veste* pour me couvrir, *quelle idée de m'être habillée si léger pour une nuit de septembre*.... En plus mes pieds me font atrocement mal, je n'ai qu'une hâte rentrée chez moi ! Je vérifie sur l'application où se trouve mon Uber et le GPS m'indique qu'il arrive dans 7 min.

J'entends encore la musique résonner du bas de l'immeuble, mais c'est un autre bruit qui attire mon attention, des voix je crois. J'écoute plus attentivement en regardant autour de moi, mon rythme cardiaque accélère d'un coup lorsque je vois à quelques mètres en bas de la rue trois garçons complètement bourrés qui tente de marcher sans tomber. Ils rient et parlent forts et je ne sais pas pourquoi mais un pressentiment me dit de remonter dans l'immeuble. Je retourne vers la porte d'entrée, compose le numéro de l'appartement et sonne à l'interphone. Personne ne répond, la musique doit être trop forte pour que quelqu'un entende la sonnerie, et les gars se rapprochent de plus en plus de moi, faisant monter ma dose d'adrénaline en flèche. *Putain mais qu'est-ce qu'il fou cet Uber !*

En tout cas ces moitiés d'hommes sont plus rapides que lui à arriver à moi et en un quart de seconde je me retrouve encerclé des trois malfrats. Je me retiens de pleurer mais mon angoisse se fait de plus en plus grande. Je pris de toute mes forces pour que quelqu'un descende de l'immeuble à ce moment-là ou que ce fichu Uber arrive enfin. Je ne parviens pas à crier ni à leur ordonner de me laisser tranquille, une boule noue ma gorge. J'ai l'impression que mon cœur va exploser ou que je vais vomir ou peut-être les deux en même temps quand je sens une main frôler ma cuisse, *maudite soit cette robe qui permet un contact direct avec ma peau.* Le garçon qui commence à me toucher me susurre des choses à l'oreille que je ne parviens pas à comprendre, je suis tellement stressée par la situation que les mots ne forment pas de phrases dans ma tête, mais seulement une cacophonie de sons incompréhensibles. Ses deux acolytes rient et l'encouragent. Lui me tâte la poitrine de son autre main, tandis que la première remonte à mon cou. Il rapproche son visage du mien et je sens son souffle chaud sur ma joue, il put l'alcool et le cannabis, c'est une horreur. J'ai l'impression que cela fait une éternité qu'ils sont là à me maltraiter alors que je suis sûre que ça ne fait en réalité que quelques secondes.

Je sens mon téléphone vibrer dans mon sac, c'est surement mon père qui se demande ce que je fiche, *demande surtout au putain de Uber de se magner.*

L'espèce d'épave qui me colle continue son assaut et m'embrasse dans le cou, c'est trop, les larmes coulent à flots sur mon visage, la bile s'accumule dans ma gorge et mes jambes tremblent, je sens que mon âme me quitte, je ne suis plus qu'un vulgaire bout de viande au gout de ces charognards. La douleur dans ma poitrine est insupportable, je n'ai jamais ressenti une telle angoisse. Je n'entends plus rien, je suis dans une bulle, ma tête est sur le point d'exploser. Je ne sais pas si ces camarades sont encore là. Tout ce que je sens c'est sa main sur ma poitrine qui cherche désespérément à détacher les boutons de mon décolté, l'autre qui remonte sous la robe cherchant mon entrejambe, et sa langue qui me lèche le cou. Il se rapproche un peu plus de moi et je sens son érection contre moi.

Tout ce que j'ai bu et mangé pendant la soirée remonte et je vomis. Je lui vomis dessus.

Il me lâche immédiatement, me jette au sol et me hurle dessus toute sorte d'insulte. Furieux d'être recouvert de vomi le type m'assène des coups de pieds dans le ventre et peut être aussi au visage au passage. *Je ne sais pas, je ne suis plus là.*

C'est alors que Dieu décide de m'envoyer du secours, j'entends un moteur de voiture, suivi d'un dérapage et d'un klaxon. Les yeux mis clos je n'aperçois que la lumière blanche de ce que je suppose être des phares de voitures. Le type se barre en courant et ma laisse là. Morte de l'intérieur, sur le trottoir.

CHAPITRE 4

BON RETABLISSEMENT

Quand j'ouvre les yeux il fait noir, je mets quelques secondes à revenir à moi et des images passent en flash dans ma tête. Ses mains, l'odeur de l'alcool, les phares blancs. Je suis soudain prise d'angoisse, je ne sais pas où je suis, j'hurle de toute mes forces.

- June ma chérie je suis là, calme-toi !

Je reconnais la voix de ma mère et aperçoit son visage grâce à la lumière qui entre par l'ouverture de la porte. Je suis soulagée d'être chez moi.
Alors qu'elle caresse mon visage pour me rassurer, mon corps semble lui aussi se réveiller et je sens une vive douleur à l'abdomen ainsi qu'aux bras. Je me crispe et les larmes montent. *Je me souviens.* Comment cette soirée si sympathique s'est terminée en enfer pour moi. J'entends alors ma mère sanglotée assise à côté de moi. Ça doit lui faire de la peine de voir sa fille dans cet état, *bien que je ne sache pas vraiment à quoi m'attendre quand je me verrai dans le miroir.*

- Est-ce que ça va ? m'interroge ma mère après quelques instants.

- Je ne sais pas, j'ai mal.

- Ça va aller mon bébé.

Elle m'embrasse sur le front et décide de me raconter ce qui s'est passé.

- C'est le chauffeur de taxi qui t'a trouvé sur le trottoir, tu étais inconsciente, il a appelé directement les pompiers. Et c'est Alix qui m'a téléphoné via ton portable lorsqu'ils sont descendus alertés par les sirènes.

Heureusement que je n'ai jamais mis de code de sécurité sur mon téléphone.

- Quand nous sommes arrivés avec ton père tu étais revenue à toi mais on avait l'impression que tu n'étais pas là, j'ai eu tellement peur- *elle pleure cette fois*- On a voulu t'emmener à l'hôpital mais tu as insisté pour rentrer à la maison.

- Merci maman.

Je suis complètement déboussolée, je me remémore cette scène horrible et de la bile me remonte dans la gorge. Je me lève précipitamment du lit et cours au toilette. Ma jambe me fait atrocement mal quand je cours. J'essaie de vomir par-dessus la cuvette, mais rien ne sort et je me rappelle alors que je n'ai plus rien dans l'estomac depuis hier soir quand j'ai vomi sur la pourriture qui m'a agressé.

Je contracte le ventre de douleur, je n'ose pas imaginer les coups que je me suis pris. Ma mère m'a rejoint dans la salle de bain et retient mes cheveux. Je n'arrive pas à vomir et la position accroupie par terre ne fais qu'accentuer la douleur que je ressens maintenant dans presque tout mon corps.

Je me relève ct décide d'aller prendre une douche. À ma demande ma mère me laisse seule. Je ferme la porte à clefs et hôte mon tee shirt. *Je ne me souviens même pas être rentrée chez moi et qu'on m'ait déshabillé. Je devais être trop perturbé pour que mon cerveau enregistre ce passage de la nuit.*

Je relève la tête et découvre mon reflet dans le miroir, je ne porte désormais qu'une culotte. Les larmes me montent si vite qu'elles me brouillent la vue et je n'ai même pas le temps de voir l'état de mon corps. Je respire un grand coup, essuie mes yeux et découvre avec effroi ce qu'il m'a fait.

Ma paumette droite est gonflée et violacée, je suppose que c'est le choc avec le sol lorsqu'il m'a jetée par terre. J'ai des hématomes éparpillés sur le ventre, ses coups de pieds apparaissent dans mon esprit. Ma cuisse droite est éraflée et j'ai du sang sec collé dessus. Les dernières traces de cette agression sont quelques bleus sur les bras ainsi qu'une éraflure sur le coude droit. Je ne parviens pas à retenir mes larmes, *et je n'en n'ai pas envie*, elles coulent abondamment et je laisse sortir toute l'angoisse et la souffrance accumulé depuis la veille. Je pleure à m'en étouffer. Je ne parviendrai jamais à exprimer ce que j'ai ressenti à ce moment-là, mais c'est comme si une partie de moi s'était brisée sur le bitume froid et humide quand j'ai atterri sur le sol.

Je suis reconnaissante malgré tout qu'il n'ait pas eu le temps d'aller plus loin. Mais mon hypersensibilité rend cette expérience aussi traumatisante que si ça avait été le cas.

Je rassemble tout mon courage pour retirer le seul sous vêtement qu'il me reste, et des flashs de ses doigts cherchant à toucher mon intimité me comprime la poitrine. Ma mère toque à la porte :

-   June, ça va ma chérie ? Ouvre le verrou s'il te plait. Je te promets de ne pas rentrer mais je ne veux pas que tu sois enfermée là-dedans.

J'exécute et file sous l'eau chaude.

Trente minutes plus tard, après m'être douchée et habillée, je rejoins ma famille dans le salon. Mon père se lève brusquement du canapé et mes frères lèvent en même temps la tête de leurs écrans. Ma mère accoure de la cuisine et me serre dans ses bras. Par-dessus son épaule je vois pour la première fois depuis mes 18 années d'existence une larme couler sur la joue de mon père. Je me dégage délicatement de l'étreinte de ma mère car elle me fait mal aux bras.

Nous nous retrouvons tous à table pour le repas du midi, un silence de mort règne dans la maison.
Et je ne sais pas pourquoi mais je décide de leur raconter, je sens que ça peut les soulager de savoir exactement ce qu'il m'est arrivé et moi aussi ça me fera du bien d'extérioriser.

*

Il est un peu plus de 17h, j'ai passé l'après-midi dans mon lit à me reposer devant mes films préférés, ça m'a toujours aidé à me remonter le moral, même si cette fois c'est autre chose qu'un coup de mou. *En même temps qu'est-ce qu'on est censé faire après un tel choc ?* Je ne suis pas parvenue à m'endormir car à chaque fois que je fermais les yeux les images revenaient.

« LOL » se fini, j'éteins mon ordinateur et décide d'allumer mon téléphone pour la première fois de la journée. J'ai repoussé ce moment car je savais que j'allais certainement voir des messages qui me remémoreraient ma fin soirée abominable. Mais je décide de ne pas être égoïste et de rassurer les gens qui doivent s'inquiéter pour moi.

L'écran s'allume enfin et mon portable se met à vibrer. Je consulte mes messages :

<u>De Alix :</u>

Envoi moi un message quand t'es arrivée chez toi… je suis désolé.

Reçu à 3 :18

Comment tu te sens, je suis très inquiète ! est-ce t'es aller à l'hôpital ?

Reçu à 3 :34

4 appels manqués à 4 :23

Je suppose que tu n'es pas en état de répondre désoler mais appelle-moi dès que tu vois mes messages je m'inquiète.

Reçu à 4 :45

<u>À Alix :</u>

Hey... pas en super forme. Je t'appelle plus tard.

Distribué à 17 :18

Je reçois les notifications d'appels manqués de ma grand-mère, *la pauvre elle doit se faire un sang d'encre je dois la rappeler.*

Après avoir passé une dizaine de minutes au téléphone avec elle à tenter de la rassurer je raccroche et vais faire un tour sur Instagram. Je remarque que j'ai 4 messages privés en attente, *qui a bien pu m'envoyer un message ?* Pendant une seconde j'imagine que Iago m'a écrit.

De Matéo.Lnt8

Salut, j'étais là hier soir quand les pompiers sont arrivés, j'ai grave flipper pour toi quand on m'a dit ce qui t'étais arrivé, j'espère que ça va aller, bon rétablissement…

Bon pas très intéressant comme garçon et surtout nettement moins beau que Iago - *putain mais pourquoi je fais une fixette sur ce gars que je connais à peine pour pas dire pas du tout !* - mais son message reste gentil et attentionné.

Je réponds sans trop rentrer dans les détails et ouvre les autres messages.

Les deux filles avec qui on a sympathisé avec Alix m'ont visiblement trouvé sur insta et me souhaite du courage et de me reposer, c'est gentil de leur part. Le dernier message est d'Emmy, c'est une vidéo de chats rigolotes. *Putain je ne l'ai même pas mise au courant !* J'ai envie de l'appeler mais comment mettre un tel sujet sur le tapis ?!

*

Nous sommes mercredi, je n'ai pas encore eu le courage d'aller en cours, et je me sens encore très angoissée de ressortir de chez moi et de croiser tous ces regards pleins de pitié des gens qui vont savoir ce qui m'est arrivé. Ma mère essaye de me rassurer en me disant que les gens de la fête ne sont pas tous à la fac et auront oublié, *j'en doute. J'ai interrompu leur soirée ils ne risquent pas d'oublier.*

Malgré tout je sais que je vais devoir me faire violence pour sortir de mon lit et retourner en cours. C'est le début d'année et je ne peux pas déjà prendre du retard.

Au fait j'ai appelé Emmy lundi, après avoir réfléchi toute la nuit à comment j'allais lui annoncer. Elle a pleuré directement et à chercher des billets de trains pour venir me voir, je l'en ai empêché. Évidemment elle fut très inquiète pour moi et elle m'a promis de profiter du premier week-end pas trop chargé en boulot qu'elle trouvera pour venir me voir.

Mes hématomes sur le ventre sont encore douloureux et sont passés par toutes sortes de couleurs, ceux sur les bras commencent déjà à s'estomper pour ne laisser derrière eux qu'un mauvais souvenir. Ma pommette est encore gonflée mais je camoufle le bleu avec du fond de teint, *je ne supporte pas les marques au visage, ni celle sur mon corps d'ailleurs, mais elles sont moins frappantes quand je passe devant un miroir.*

Il est 15 heures et je prépare des crêpes en musique avec ma mère, son soutien sans faille me fais du bien au moral, et elle trouve toujours le moyen de me changer un peu les idées ne serai ce qu'en cuisinant toute les deux.
Alix va passer tout à l'heure après ses cours pour venir voir comment je vais, je trouve ça très mignon de sa part étant donné qu'on ne

se connait que depuis quelques jours. Mais je vous l'ai dit j'ai l'impression de la connaitre depuis toujours.

*

Alix est restée toute la soirée et a mangé avec nous, on a beaucoup discuté et j'en ai encore beaucoup appris sur elle. Elle est vraiment pétillante et profondément gentille, *je l'aime vraiment bien.*
Ma famille l'apprécie aussi et ça me fais plaisir, leur avis compte toujours énormément pour moi.

Je retire l'ensemble de survêtement qui me colle à la peau depuis dimanche et enfile un tee shirt propre pour aller dormir. Demain c'est le grand retour.

***

Je vois Alix au loin me faire un signe de la main, je suis contente d'arriver en cours avec elle ce matin ça me rassure. Soudain elle me crie « attention ! », j'ai à peine le temps de me retourner qu'un homme se jette sur moi et me plaque au sol. Il me retourne et approche son visage du mien. Je n'arrive plus à bouger.

- Au secours !!!!

Je suis réveillée ! Et dégoulinante de sueur.
Ma mère déboule dans ma chambre, alerté par mon appel à l'aide. J'ai le cœur qui palpite encore à 200 à l'heure. Ce genre de cauchemars perturbent mes nuits depuis l'agression. C'est vraiment insupportable, ils sont tellement réalistes….
Je rassure ma mère et elle retourne se coucher.
Je consulte mon téléphone qui m'indique 5 :56, il me reste à peine une demi-heure de sommeil.
J'ai décidé de retourner en cours aujourd'hui. Je me sens mieux et il faut savoir prendre sur soi alors c'est ce que je vais faire.
Mais comme après ce cauchemar je suis sûre de ne pas réussir à me rendormir, encore moins en si peu de temps. Je décide de filer à la douche.

CHAPITRE 5

IAGO

Après la nuit merdique que j'ai passée, j'ai du mal à rester concentrée sur ce que Mme Allin raconte, bien que les cours de psychologie sociale me passionnent.

Aujourd'hui elle porte un ensemble de tailleur rose pale, j'imagine qu'elle en a de toutes les couleurs, et ses cheveux sont relevés avec une pince. C'est une dame vraiment très élégante.

Retourné en cours n'a pas été chose simple, j'angoissais vraiment à l'idée de revoir du monde et surtout de devoir ressortir dans la rue toute seule… Pour m'éviter trop d'angoisse mon père a eu la gentillesse de me déposer à la fac ce matin. Mais ce soir je vais devoir prendre les transports en commun toute seule, *et ça me terrifie…*

Je sors de l'amphi et envoie un message à Alix qui n'était pas dans le même cours que moi ce matin, je lui demande si elle veut qu'on déjeune ensemble.

De Alix :

Carrément, t'aime le jap ? j'en connais un bon pas loin !

Reçu à 12 :04

<u>À Alix :</u>

Oui ça me dit bien

Distribué à 12 :04

<u>De Alix :</u>

Tiens l'adresse, on se rejoins là-bas, je suis déjà dans le centre parti m'acheter des clopes *ouvrir dans plan*

Reçu à 12 :05

Je me rends de ce pas à l'adresse que m'a donné Alix en suivant scrupuleusement l'itinéraire affiché sur mon téléphone, *ne vaut mieux pas se fier à mon sens de l'orientation si je veux manger avant ce soir…*

Je déambule dans les rues parisiennes et m'étonne toujours du monde constant qui les arpentent, et ça peu importe l'heure ou le jour, cette ville est bondée en permanence, *ça change de ma cambrousse.* J'aperçois le restaurant japonais un peu plus loin et Alix m'attend déjà dehors. Je passe devant une brasserie et crois voir quelqu'un que je connais en terrasse, je me retourne un instant pour voir de qui il s'agit, *maudite soit ma curiosité…* Monsieur David est assis là à siroter *un diabolo ?!* Je feins de ne pas l'avoir vu et continu mon chemin :

- Et bien alors on ne dit pas bonjour ? me surprend une voix masculine alors que je viens à peine de me retourner.

- Oh bonjour, je n'étais pas sûr que ce soit vous. *Menteuse.*

Le ton qu'il a employé était vraiment étrange, vous savez comme l'oncle bizarre de la famille qui vous taquinais tout le temps quand vous étiez petite, *pareil !*

- Vous êtes seule pour le déjeuner ? Joignez-vous à moi. *D'accord donc je n'ai même pas eu le temps de répondre…*

On pourrait penser que c'est de la sympathie pure envers une nouvelle élève désorientée dans cette ville gigantesque, mais non, je vous assure que c'est tout autre chose… et étrangement, *ou pas,* il ne m'attire plus du tout depuis que je lui remarque ce côté, *humm comment dire,* pervers ?

- Non merci on m'attend, m'empressai-je de répondre, et sans lui laisser le temps de la réflexion je m'en vais.

Le petit plateau de sushi que j'ai commandé est vraiment exquis, j'emmènerai mes parents manger ici un jour, je suis sure qu'ils adoreront.

Alix me raconte la fin de soirée de samedi soir maintenant que je suis un peu plus apte à en entendre parler. Elle a dormi avec Marc, *rien d'étonnant*, mais il ne s'est rien passé, *ça c'est étonnant !* Non pas qu'Alix soit une fille facile mais je vois bien qu'entre les deux il y a une attirance, une tension, alors oui je suis un peu étonnée.

Elle m'explique que Marc lui plait bien mais qu'elle ne pense pas que ce soit réciproque, elle sait qu'il aime beaucoup bien sûr, mais en tant qu'amie.

Je lève les yeux au ciel quand j'entends cette énorme bêtise sortir de sa bouche. Alix est absolument craquante et brillante, je ne vois pas quel mec refuserait plus que de l'amitié avec elle, *c'est ridicule !*

- Et toi ? tu ne racontes pas grand-chose… souligne-t-elle

J'hésite à lui parler de l'interaction que j'ai eu avec monsieur David et de mon mauvais pressentiment le concernant. J'hésite aussi à lui raconter que depuis samedi soir mes nuits ne sont qu'affreux cauchemars et crises d'angoisses.

- À quoi tu penses là ? Elle a dû remarquer que je prenais le temps de réfléchir avant de répondre.

Je ne la connais peut-être pas depuis très longtemps mais c'est une fille vraiment gentille, elle m'a déjà beaucoup soutenu et je sens que je peux lui faire confiance, alors je me lance dans les confessions.

Alix est vraiment remontée contre le prof de psychologie clinique, elle trouve ces quelques interactions avec moi déplacées. C'est alors qu'elle me confie quelque chose. Elle aurait entendu des rumeurs à son sujet. Il parait qu'il a eu des soucis avec des jeunes filles de première année, c'est Marc qui lui en a parlé parce que justement une des supposée victime était la petite sœur de Iago. Mon sang ne fait qu'un tour, et les pièces du puzzle s'imbriquent dans ma tête. Voilà pourquoi Iago s'est montré « protecteur » et sur la défensive par rapport à monsieur David.
Mais Alix reprend en précisant que ce ne sont que des rumeurs et que jamais aucune enquête n'a été ouverte, ni aucune plainte déposée. Je trouve ça vraiment flippant et étrange que si une telle chose était arrivée, monsieur David soit encore en train

d'enseigner, et comme dit ma mère « il n'y a pas de fumée sans feu ».

On décide de changer de sujet et prenons tout notre temps pour finir de manger. Alix ne reprend qu'à 14h et moi je n'ai plus cours de la journée mais je vais en profiter pour aller travailler à la bibliothèque.

*

Sortir prendre l'air et déguster des bons sushis m'a finalement fait du bien et je suis de nouveau prête à travailler efficacement, *sans risquer de m'endormir…*
Je m'installe dans le coin le plus tranquille de la bibliothèque pas loin des rayons sur la psychologie. La pluie est tombée d'un coup et je l'entends frappées les vitres, *quelle bonne ambiance pour rester concentrée !*
La bibliothèque est presque vide, seul un couple travaille sur un ordinateur. Ils se taquinent et jouent ensemble, l'un déconcentrant l'autre et vice versa, *je me surprends à les enviés…*

Je chasse ces tourtereaux de mon esprit et part à la recherche de « faites vous-même votre malheur » de Paul Watzlawick, c'est pour un devoir sur le bonheur et sa conception, c'est mon professeur de neuropsychologie qui me l'a conseillé.

Encore une fois je passe une éternité à trouver ce bouquin, quand quelqu'un m'interrompt dans ma quête :

- Comment tu te sens ?

Hein ? qui me parle ? Je chercher autour de moi mais je ne vois personne. *Je deviens folle ?*

Quand soudain le livre devant mes yeux bascule sur le côté pour me laisser découvrir mon interlocuteur.

C'est lui, Iago, il est de l'autre côté des étagères et me parle entre les livres. Surprise de le voir ici, je ne pense même pas à répondre. Ses yeux verts me font toujours autant d'effet et encore plus en plein jour. Il baisse le regard faisant mine d'observer les livres et relance :

- J'ai appris ce qu'il t'est arrivé, je suis désolé…

Il a vraiment l'air peiné par mon agression, *est ce qu'il l'est ? pourquoi ?*

- Ah oui… j'ai un peu gâché la fête.

Iago relève brusquement le visage :

- Qu'est-ce que tu racontes, c'est ce fils de pute qui a tout gâché.

Je suis choqué de ce qu'il vient de dire et du ton qu'il a employé, j'ai de plus en plus l'impression qu'il se sent impliqué dans ce qu'il m'est arrivée.

- Mh… c'est pas faux, répondis-je comme une enfant qui se fait disputer. Mais en tout cas je vais mieux merci…

Putain mais qu'est ce qui se passe avec ce garçon ? pourquoi vient-il prendre de mes nouvelles d'abord ?

- Arrête de te sentir coupable, *ça résonne comme un ordre*, et content que tu aille bien.

Il s'en va en redressant les livres devant lui, ce qui m'empêche maintenant de le voir.
Je réfléchis une seconde et sors de l'allée pour aller le retrouver. Je veux savoir pourquoi est-ce qu'il m'a dit tout ça.
Bien sûr il a disparu.
C'est vraiment étrange ce que je ressens en sa présence, il est à la fois soucieux et attentionnée tout en restant de marbre et glacial, *drôle de combo*.

J'essaie de me replonger dans mes devoirs mais je dois bien avouer que cette rencontre m'a encore une fois déstabilisée. C'est alors qu'une lumière s'allume dans ma tête.

Sa sœur ! Si sa sœur s'est faite agressée physiquement ou sexuellement par un mec ou même monsieur David, c'est pour ça qu'il est sensible à ce sujet.

Cette révélation me déçoit un peu car finalement je me rends compte que ce n'est pas pour moi qu'il s'inquiète mais pour les filles qui subissent ce genre de mésaventure. Ça explique cette sensibilité/indifférence.

Tout compte fait j'ai réussi à me débarrasser de l'image de mon Bad Boy caché derrière les livres et j'ai passé plus de deux heures et demie à la bibliothèque à travailler sur mon devoir. J'ai d'ailleurs appris des choses très intéressantes sur le bonheur et comment on s'empêche inconsciemment de l'atteindre. J'ai même emprunté le livre pour le lire entièrement. Je décide de prendre une pause. Je passe à la cafeteria prendre un café et vais m'asseoir sur un banc pour profiter des quelques rayons de soleil qui ont refait leur apparition, la météo me fait penser à Iago, *sombre avec quelques éclaircies. Putain mais c'est quoi mon souci ?!*

Marc et Alix me rejoigne. Ils sortent tous les deux de leur cours d'option art qu'ils ont en commun. Je les trouve vraiment choux ensemble, puis ils sont complices ça se voit. Marc râle, il en a marre de trainer qu'avec des filles et décide d'appeler ses potes pour combler sa solitude.

Une minute plus tard deux mecs débarquent. Alix me regarde avec un air de « je m'attendais à mieux » et je me retiens de rire. Les copains de Marc nous saluent :

- Hey ! moi c'est Tao enchanté.

Il nous fait la bise, il a l'air super sympa. Il a les cheveux courts et frisés, il porte des lunettes et un ensemble de jogging gris. *Pas si moche que ça, Alix exagère !*

Le deuxième est plus timide et nous fait un signe de la main en guise de bonjour. Il s'appelle Gabriel mais préfère qu'on l'appelle Gab. Il parait assez petit à côté de Tao et Marc qui doivent faire au moins 1m90. Il porte une casquette mais je crois deviner à l'aide des quelques mèches qui dépassent qu'il est blond. Ses yeux sont d'un bleu très clair, c'est presque effrayant. Il a un style sobre qui colle avec son image de mec timide. Il porte un sweat noir et un jean droit qui tombe sur une paire de basket blanches, *simple et efficace.*

Je fais signe à Alix de s'asseoir à côté de moi en tapotant le banc, elle vient et Tao aussi s'installe à ma gauche. Il nous raconte des anecdotes de son week-end en Normandie avec ses cousins et je crois que je vais me pisser dessus. C'est vraiment un clown et peu importe ce qu'il raconte il arrive à nous faire rire.
Je les aime bien. Car même si Gabriel est plus réservé il est très gentil et dégage une bonne énergie.

Marc s'éclipse un instant du groupe pour répondre à un appel, je ne peux m'empêcher d'écouter ce qu'il dit :

- Ouai bah vient avec nous on est dehors sur le banc à côté du bâtiment C (…) vas-y à tout de suite.

Il semblerai que quelqu'un d'autre nous rejoigne.
Et il ne tarde pas.
Iago arrive vers nous dans la minute qui suit son appel avec Marc. Ça me fait bizarre de le voir là, et son arrivée modifie nettement l'ambiance du groupe. On dirait qu'il impose un certain respect. C'est vraiment

étrange à expliquer. Il nous salut tous et allume une cigarette.

Les discussions reprennent comme avant qu'il arrive.

Moi je suis muette et mon regard est fixé sur son visage. J'ai envie de regarder ailleurs et de discuter avec les autres mais je n'y arrive pas, ses petites taches de rousseurs m'hypnotisent. Je suis alors assez près de lui pour remarquer les moindres détails de son visage et la luminosité naturelle m'aide. *OMG, il a une cicatrice sous l'œil. Je n'ai jamais rien vu d'aussi sexy.*

Soudain il lève les yeux de son briquet qu'il semblait admirer. Nos regards se croisent et c'est à son tour de me fixer. Nous restons là à nous regarder pendant ce qui semble être une éternité et en omettant totalement la présence de nos amis. Je ne décroche pas de son regard car je veux y trouver une expression, sentir une émotion. Mais rien. Je n'y lis rien. Il n'a pas le regard vide mais inexpressif.

- Bon c'est bien sympa tes petites histoire Tao mais moi je vais devoir y aller j'ai un TD dans 5 min.

Alix me sort de mon duel de regard avec le garçon mystérieux qui se trouve en face de moi. Je décide de la suivre. Je dis au revoir aux gars et on s'éclipse.

Il est bientôt 17h et je décide de rentrer travailler à la maison pour éviter la gare de nuit.

*

On est vendredi soir, ma journée fut inintéressante, il a fait un temps pourri et mes cours m'ont paru super long.
Je suis contente que mon père soit passé me chercher en sortant du taf, ça m'évite de marcher sous la pluie et aussi de prendre le train à cette heure-là.
On arrive à la maison après des embouteillages interminables. Je suis lessivé et je fonce à la douche. Sous l'eau je réalise que ma mère n'était pas la quand je suis rentré, mais où peut-elle être à cette heure du soir.
Je sors de la salle de bain qui ressemble maintenant plus à un sauna qu'autre chose, lorsque j'entends des voix en bas. J'en analyse trois celle de mon père, de ma mère et…

OH MON DIEU, je la reconnaitrais entre mille, c'est Emmy c'est sûr !

Je dévale les escaliers à toute vitesse, la serviette encore autour de moi.

C'est bien elle ! Je lui saute dans les bras et je ne peux m'empêcher de lâcher une petite larme.

- Mais qu'est-ce que tu fais la ?!

- Moi aussi je suis contente de te voir, répond-elle ironiquement.

- Tu m'as tellement manquée !

Emmy m'a fait la surprise de venir ce week-end ; elle s'inquiétait trop depuis qu'elle a appris pour l'agression puis elle avait hâte de me revoir.
Je suis tellement contente de la voir !

Ma mère me regarde avec un sourire sincère.

La soirée se déroule dans la meilleure des ambiances, je suis à table avec les personnes les plus importantes de ma vie à déguster des enchiladas super épicées comme j'aime.
Quoi de mieux pour finir la semaine en beauté !

Emmy et moi sommes toutes les deux fatiguées de notre semaine même si la mienne fut un peu plus courte qu'elle. Et en plus elle a passé tout son trajet à travailler dans le train. Nous décidons d'aller dans le lit et on s'endort devant notre film fétiche.

CHAPITRE 6

L'ANGE GARDIEN

Réveillée de bonne heure ce matin, je sors discrètement de la chambre pour laisser Emmy dormir. Tout le monde ronfle encore et je profite du calme pour aller travailler dans la salle à manger en prenant mon petit déjeuner.

J'ai remarqué en passant devant le miroir que je n'avais presque plus ma bosse sur la pommette et qu'elle a perdu sa couleur violacée, *enfin je retrouve mon visage*. Les bleus sur mes bras ont presque tous disparus mais j'ai encore un peu mal lorsque je pose ma tête dessus pour dormir.

Il fait vraiment beau aujourd'hui et je compte proposer à Emmy d'aller à vélo faire un pique-nique dans le parc d'à côté. Ça nous rappellera nos mercredi après-midi quand on était petite. Nous prenions nos vélos, un gouter et allions nous poser au bord du lac. *Que de bons souvenirs…*

*

J'entends mon petit frère, Noah, descendre les escaliers, je connais ses habitudes et sait qu'il va allumer la télé, *le temps calme est révolu*. Je ferme mon ordinateur et monte me préparer.

Quand je sors de la salle de bain, Emmy est encore au lit sur son téléphone, elle a ouvert les volets et le soleil inonde la pièce de lumière.

- Salut toi, me lance-t-elle, t'es tombée du lit ?

- Je n'avais plus sommeil.

- Je vois ça ! Bon c'est quoi le programme du jour, je serai bien aller faire un tour avec ce beau temps.

Ce qui est chouette quand on a une meilleure amie qui nous ressemble comme deux gouttes d'eau, c'est que c'est toujours facile pour se mettre d'accord, car on a toujours les mêmes idées.

*

J'ai appelé mon père pour gonfler les pneus des vélos.

Le pique-nique est dans le sac à dos qu'Emmy a insisté pour porter. Lunette de soleil, ok ! Draps, ok ! Enceinte, ok ! Nous sommes prêtes.

Le chemin est très agréable, il y a une piste cyclable jusqu'au parc qui longe une petite route de « campagne ». Il fait bon mais j'ai quand même mis un sweat, *on est quand même mi-septembre.*
En à peine 15 minutes nous arrivons à destination. J'adore cet endroit, c'est très arboré et fleuri, et le bruit du ruisseau qui traverse le parc est très apaisant.
Nous nous installons sous un saule pleureur, entre l'ombre et le soleil. *Ah qu'est-ce que c'est agréable !*

Emmy dévore son sandwich comme une affamée, moi je n'ai pas très faim pour le moment et j'en profite pour lui raconter ce qui s'est passé depuis la rentrée, *dans les moindres détails.*
Le sujet « Iago » arrive forcément sur la table et elle saute de joie quand elle apprend que je m'intéresse un tant soit peu à un humain de sexe masculin, *ce qui serait sympa ce que ce soit réciproque.*
Comme une bonne amie elle me donne son avis et des conseils :

- Tu sais je n'ai peut-être pas la vérité absolue mais j'en connais assez pour savoir que les mecs ne fonctionnent pas comme nous, ils sont chelous tu vois. Alors c'est normal que tu sois perdu et que t'y comprenne rien. Essaie d'être plus démonstrative toi aussi, montre-lui qu'il te plait et vois sa réaction. *N'a-t-elle pas compris que ce garçon n'a jamais de réaction ?!*

Elle ne me laisse pas répondre et continue son monologue :

- C'est vrai quoi, nous les filles on attend toujours que ce soit le mec qui fasse le premier pas mais c'est une tradition à la con. Faut se bouger le cul si on veut avoir ce qu'on veut. *Est-ce que je veux Iago ? Je ne m'étais jamais posé ce genre de questions...*

- T'entends ce que je te dis ? reprend-elle.

- Oui, oui, t'as peut-être raison...

- Bien sûr que j'ai raison, j'ai toujours raison !

Mon téléphone vibre et coupe court à notre conversation, *et j'en suis plutôt ravie, ça me met mal à l'aise d'admettre que Iago devient un point faible et qu'il me plait...*

De Alix :

Hey, ça va toi ? dis je sais que c'est un peu compliqué pour toi de sortir depuis samedi dernier mais ce soir on va boire un verre avec les gars, ça te branche ?

Reçu à 13 :08

<u>À Alix :</u>

Nikel et toi ? ma meilleure amie est venue me rendre visite de Lyon donc je ne pourrai pas venir désoler.

Distribué à 13 :09

<u>De Alix :</u>

Encore mieux ramène là, on fera sa connaissance ! On sera au Melty's Bar à 20h, bisous !

Reçu à 13 :09

Elle ne m'a pas laissé le choix, mais en réalité je suis contente qu'elle nous invite, ça va être sympa. Puis j'ai hâte qu'Emmy rencontre mes nouveaux amis, je suis sure qu'ils s'entendront bien :

- Bon on est invité à aller boire un verre avec mes potes ce soir ! annonçai-je plein d'enthousiasme à ma meilleure amie

- Génial, y'aura Iago ?

Merde je n'y avais même pas pensé !

- Heu je n'en sais rien, je suppose.

Nous passons l'après-midi au soleil à écouter de la musique et à se raconter toutes sortes d'anecdotes, je suis vraiment contente qu'elle soit la !

***

Il est 19 :30, nous avons plus de trente minutes de trajet en transport et nous ne sommes toujours pas prête, *c'est toujours comme ça quand on se prépare ensemble !*
Je décide de porter une tenue simple, *je ne suis plus très à l'aise à l'idée de porter une robe pour sortir…*
J'opte donc pour un jean large bleu, avec un haut noir col V près du corps, je rajoute une paire de talons noirs et un petit sac qui passe partout. Emmy porte une robe pull blanche avec une paire de bottines noires style rock et une veste en cuir.
Je ne me suis pas trop maquillé, simplement du mascara, un peu d'anticerne et du blush pour me donner l'air vivante. J'ai laissé mes

ondulations naturelles retombées sur mes épaules. *Je suis à peu près potable.*
On se dépêche pour ne pas rater le train !

Nous entrons dans le bar avec 20 minutes de retard et je repère tout de suite Alix, Tao et Marc, assis autour d'une table à côté de la fenêtre, *où est Iago ?*
Je leur présente Emmy, et le courant à l'air de passé. L'ambiance est très cosy, de grosses ampoules sont suspendus par des cordes au plafond et dégagent une lumière jaune tamisée, les meubles et la décoration sont de style industriel et une musique d'ambiance jazz se fait entendre en fond sonore. *J'adore !*

- Vous voulez boire quoi ? demande Tao très avenant.

- Un Monaco pour moi, répond Emmy.

- Une limonade merci, *je n'ai pas envie d'alcool…*

- Okay ! Et il appelle le serveur d'un signe de la main.

Je me demande si Iago va arriver plus tard, *ou même s'ils l'ont invité.* Encore une fois Alix joue la mentaliste :

- Au fait Iago et Gab arrivent dans pas longtemps.

La honte je n'avais même pas remarqué l'absence de Gabriel.

- Ah d'accord, répondis-je feignant l'indifférence.

Je reçois un coup de genoux d'Emmy, qui est assise à côté de moi, à l'évocation de Iago, *oh commence pas hein !*

Les garçons ne tardent pas à arriver et s'installent avec nous. Iago est toujours aussi séduisant, il porte un col roulé noir et un jean brut qui tombe sur une paire de basket qui ont l'air de couté un bras. Ses cheveux en bataille retombent sur son front, *ils ont l'air si doux…*
Je reprends mes esprits et tente d'écouter ce que me raconte Alix.
Le début de soirée se déroule merveilleusement bien, le bar est désormais rempli et le brouhaha constant me donne limite mal à la tête. Tao et Emmy ont un débat agité sur la politique je crois, *à vrai dire je n'écoute pas vraiment*. Alix est sur son téléphone depuis quelques minutes et à l'air plutôt soucieuse, je me demande ce qui se passe. Seul Iago et moi ne participons pas

aux discussions du groupe, il semble dans la lune, *encore…* Et moi, et bien je l'observe… *pathétique !*

Soudain il sort de sa rêverie et prend part à la discussion qui anime visiblement mes amis. Je décide de profiter de cet instant pour aller aux toilettes sans me faire remarquer, *je me suis enfilé deux limonades d'un trait et ma vessie ne tient plus.*

Je traverse la salle en slalomant entre les tables, et lorsque je passe à côté du petit groupe assis au bar j'ai l'impression que quelqu'un se lève ct m'emboite le pas. Je décide de ne pas me retourner et atteint les toilettes pour femmes.

À peine la porte de ma cabine verrouillée j'entends quelqu'un entrer mais aucune autre porte s'ouvrir… Pourtant les toilettes étaient toutes disponibles quand je suis entrée.

Est-ce que cette personne attend que je sorte ? Cette idée me glace le sang car je ne sais pas qui m'attend mais surtout qu'est-ce que cette personne me veut ?

Le silence est pesant et je n'ose même plus bouger. Mon envie de pipi se fait de plus en plus pressante mais je suis pétrifiée. *Cette agression m'a un peu rendue parano je dois bien l'avouer.*

Soudain une porte grince et la personne s'engouffre dans le cabinet voisin. J'observe les chaussures sous la planche qui nous sépare et reconnait avec stupeur des mocassins noirs en cuir.
Monsieur David est là à côté de moi j'en suis sûr. *Putain mais qu'est-ce qu'il fait là ? Est-ce qu'il m'a repéré depuis le début de la soirée ?*

Je rassemble un peu de courage et m'apprête à sortir en courant des toilettes. J'ouvre la porte et me précipite en dehors de la cabine. À peine extirpé de là, il sort à son tour du cabinet et me surprend :

- Bouh ! fait-il complètement hilare.

C'est bien lui, et il est complètement ivre.

Je recule instinctivement. Et ma gorge se noue. Je déteste être en présence d'un homme surtout lorsqu'il est alcoolisé. Des flashs très douloureux me reviennent en tête. Je suis bloquée ici entre les lavabos et les portes. *Bien sûr personne n'entre pour aller se soulager.*

- Alors tu passes une bonne soirée poupée ?! lance-t-il.

Il a beau être jeune il peut paraitre vraiment ringard et macho.

- Je t'ai vu avec tes petits copains, quand t'es arrivée avec ce jean qui te moule parfaitement ton petit cul là !

J'ai envie de lui cracher dessus, ses mots me répugne.
Il ne s'arrête pas pour autant. Il fait un pas vers moi et je recule.

- Quoi t'as pas envie de moi ? T'as pas envie que je te baise là tout de suite ? Sur les lavabos qu'est-ce que t'en dis ?

La bile me monte et les larmes aussi. Je crains de revivre une horrible expérience.

- Hmm ton petit cul là… grogne-t-il.

L'alcool a déjà marqué son visage malgré l'heure prématurée. Son eau de parfum émane de lui mais elle me répugne tout autant que la personne qui la porte. Je prie intérieurement pour qu'un miracle se produise, qu'on m'envoie *un ange gardien.*

Soudain la grande porte s'ouvre :

- Ju…

Iago entre mais s'arrête net à la vue de cet homme en train de me menacer. Je vois alors pour la première fois une expression sur son visage.
C'est un mélange de haine et d'inquiétude.
Il lui faut alors deux secondes pour réaliser ce qui se passe et analyser la situation, mais pas plus pour agir. Iago bondit au cou de monsieur David et le plaque contre le mur le plus proche :

- Qu'est-ce que tu fais là, espèce de fils de pute ?! aboya-t-il.

Je ne l'ai jamais vu aussi expressif, et agressif qui plus est.

- Oh… Iago le héros de retour, se moqua monsieur David.

Le retour ?

Iago détourne alors le visage de cette crapule pour me regarder :

- Ça va ? Est ce qu'il t'a touché ? s'enquit-il de demander, visiblement très inquiet.

Je le rassure d'un signe de tête. Toujours incapable de bouger, complètement abasourdie par la scène qui se déroule sous mes yeux. Je vois la haine monter en Iago, les veines de son cou enflent et je pourrai entendre son rythme cardiaque accéléré d'ici. Le ton moqueur du prof ne l'a visiblement pas du tout amusé.

- Je ne te conseille pas de t'approcher d'elle, glissa Iago dans le silence oppressant qui s'est installé depuis trop longtemps pour que je puisse encore le supporter.

Monsieur David éclate de rire sous l'effet de l'alcool et avant que j'aie le temps de réaliser, Iago lui assène un violent coup de poing dans la mâchoire. Monsieur David s'écroule au sol et crache un peu de sang.
Iago vient me prendre dans ses bras et me conduit dehors. Mais avant de sortir, il s'arrête à la hauteur du professeur gisant au sol, le transperça d'un regard que je devine plus noir que les enfers et nous sortons.

Nous traversons le bar à toute vitesse, moi toujours sous son aile. Son parfum est enivrant et je me sens tout à coup à l'abri du danger dans ses bras. C'est alors que mon cerveau semble se reconnecter à la réalité et je réalise enfin ce qui vient de se passer en l'espace de 10minutes. Les larmes affluent alors à mes yeux mais je me retiens. Nous sortons du bar et l'air froid du soir de septembre me surprend. On s'éloigne des baies vitrées, *pour plus d'intimité je suppose.*

Iago se détache alors de moi et me positionne en face de lui. Ses yeux verts pleins d'inquiétude et de compassion me transpercent.

- Comment tu te sens ? demanda-t-il d'une voix calme.

- Ça va…

Il n'a pas l'air convaincu de ma réponse et mes larmes me trahissent. Je ne peux plus les retenir. Je n'ai plus peur mais il faut que j'évacue le stress.

Je pleure, là, dans la rue en plein Paris agité, devant le garçon qui me bouleverse depuis presque un mois maintenant.
Soudain il eut un geste qui me surprit autant qu'il me combla de bonheur. Iago me serre dans ses bras, sincèrement. Je suis blottie contre lui, en sécurité, *enfin.*

- Merci Iago… murmurai-je. Merci, je ne sais pas ce qui se serai passé si…

Je n'ai pas le temps de finir ma phrase, il relève mon menton et pose ses lèvres sur les miennes. Ses magnifiques lèvres assez pulpeuses mais pas trop sont en train de m'embrasser. Je crois rêver. C'est un baiser délicat et plein de tendresse. Je sens que quelque chose se passe au plus profond de moi. Dieu existe et il m'a envoyé un ange gardien.

Mon ange gardien.

CHAPITRE 7

CE QUE CACHE LA COUVERTURE

Je suis réveillée par la lumière du jour, bien qu'il pleuve des trombes dehors. Nous n'avons pas pensé à fermer le volet hier soir en rentrant.

Après l'incident nous avons retrouvé les autres dans le bar, qui s'inquiétaient de ne plus nous voir depuis un moment.

Iago avait raconté ce qui c'était passé mais n'avait pas évoqué le baiser et je lui en étais reconnaissante. En revanche je ne sais pas s'il l'a caché par honte ou parce qu'il voulait que ce soit notre petit secret.

Soudain je crains qu'il m'ait embrassé sur le moment parce que je lui faisais de la peine, mais qu'en réalité il ne soit pas tout attiré par moi.

Mais en y réfléchissant le fait qu'il se soit inquiété de mon absence un peu longue à la table hier soir témoigne du contraire. *Je ne sais plus quoi penser.*

Emmy dort encore et je ne sais pas si je lui raconterai le bisou avec Iago.

Enfin bref, tout le monde s'était inquiété pour moi, puis Emmy et moi étions rentré dans les minutes qui suivirent. Tao avait eu la gentillesse de nous payer un Uber afin de nous éviter les transports de nuit. *Il est vraiment adorable.*

*

Emmy émerge enfin et voit tout de suite sur mon visage que quelque chose me tracasse :

- Qu'est ce qui a ? interroge-t-elle à peine réveillée.

- Rien, répondis-je l'air innocente.

- Tu me cache un truc et t'hésite à me dire ce que c'est, ce que je prends très mal figure toi.

C'est ça le problème quand tu as une meilleure amie qui te connais par cœur. Et à dire vrai elle avait raison, je m'en voulais du lui cacher ce qu'il c'était passé avec Iago :

- Tu sais hier soir, c'est Iago qui est venu me chercher…

- Ouiiii…. Elle attend la suite.

-   Et bien dehors quand il m'a pris dans ses bras pour me rassurer quelque chose s'est passé, de mon côté du moins.

-   Hm hm… eeetttt ??

-   Roh t'es chiante je peux même pas faire durer le suspense ! On s'est embrassé voilà !

-   Youhou !!!

Emmy bondit du lit et saute partout dans la chambre en fanfaronnant, *j'ai l'impression de lui avoir annoncé un mariage ou une connerie dans le genre.*

-   Attends attend attends, reprend-elle, est ce que c'est lui ou toi qui a fait le premier pas ?

-   Lui.

-   OMG c'est encore plus génial, purée meuf il te kiff maintenant on en est sûr !

Je rigole face à son enthousiasme débordant. Je lui raconte à quel point je me suis sentie rassurée et protégée dans ses bras, et elle en conclue que je suis en train de tomber amoureuse, *je n'aime pas beaucoup cette conclusion, qui à mon sens est trop hâtive et infondée…*

*

Il est déjà 17h et le train d'Emmy part dans une heure, nous nous préparons pour aller à la gare. Je suis triste que le week-end soit déjà fini, *il fut d'ailleurs riche en émotion !*

Je m'assoie sur la valise d'Emmy le temps qu'elle la ferme, *c'est tout elle ça, prendre trois fois trop de vêtements par rapport à son temps de séjour.*
Tout fini par rentrer dans ses bagages, nous prenons un selfie avant de partir en guise de souvenir de notre premier week-end parisien dans nos nouvelles vies d'étudiantes.
Ça me fait tout drôle de repenser qu'il y a seulement quelques mois en arrière nous étions au lycée, encore loin d'imaginer tout ce qui nous est arrivé depuis. Je pense soudain à Nina et Chloé, nous nous échangeons des vidéos et messages de temps en temps sur les réseaux sociaux mais notre pacte du face time hebdomadaire n'a jamais vu le jour.
Elles me manquent mais je suis un peu déçue de voir qu'elles ne font pas forcément d'efforts pour me contacter. Je savais que la distance allait impacter notre amitié mais je

ne pensais pas si vite. *Enfin bref,* je reprends mes esprits, je les contacterai plus tard.

***

Je commence la semaine par cours de statistiques, *vraiment pas ma tasse de thé…* Alix est en option art avec Marc, *je m'ennuie un peu…*

- Pour ceux qui ont le sujet 2, annonce le professeur, vous aurez besoin pour rendre ce devoir, d'un certains nombres de témoignages pour effectuer des statistiques pertinentes. L'idéal serait qu'une centaine d'élève répondent à votre questionnaire. Je vous conseille pour cela de vous adresser aux élèves en journalisme, ils pourront certainement vous donner accès au journal du campus ou aux réseaux sociaux pour que vos questionnaires soient vus et remplis par le plus grand nombre. Rendez-le attractif et surtout pas trop long sinon personne ne prendra le temps d'y répondre. Bonne chance et bonne journée à tous.

Monsieur Cassidy fini son cours sur cette note qui ne m'aide pas à apprécier sa matière. Bien entendu j'ai eu le sujet 2 à traiter et ça me barbe de devoir élaborer un questionnaire et surtout de devoir trouver le moyen de le faire remplir.

Je vais m'installer à la bibliothèque pour m'y mettre tout de suite, je sens que ça va me prendre un temps fou.

Je m'assoie à ma table habituelle, au fond, près des étagères de psycho et relis le sujet de mon devoir.

<u>*Statistiques et psychologie sociale*</u>
Intégration et créations de liens sociaux :
Observez, analysez et commentez le processus de création et l'évolution des liens sociaux chez les 18-25 ans, pour cela appuyez-vous sur des données et statistiques précises (selon une étude que vous aurez menée vous-même).

Bon... et bien je ne peux pas dire que je sois emballée et inspirée. J'ouvre un document Word sur mon ordi et commence à chercher des questions pertinentes à poser aux gens de la fac quant à leur relations sociales...

Je commence à avoir une ébauche qui me plait et soudain je trouve une idée de génie pour que les gens aillent remplir mon questionnaire. Je vais le créer en mode interactif sur internet et y associer un QR code que je ferai imprimer avec un petit texte dans le journal du campus ainsi que sur

les flyers de la semaine (qui résume les activités et évènements).
Je dois donc aller au bureau des élèves pour me renseigner.

Je traverse trois bâtiments avant d'arriver au bureau des élèves. Une jolie rousse est à l'accueil et me souris. Je lui expose mon projet et elle me laisse patienter pendant qu'elle part chercher un étudiant en journalisme. Apparemment ce sont les seuls à s'occuper du journal, *logique.*
Elle apparait quelque minute plus tard accompagnée de... *je manque de faire une syncope*, Iago ! Je ne savais pas qu'il étudiait le journalisme, ou peut-être qu'on me l'avait déjà dit, *je ne me rappelle plus.* Il est toujours aussi attirant, et encore plus depuis que je connais le gout de ses lèvres. C'est la première fois que je me retrouve face à lui depuis samedi soir. Je suis en panique ne sachant pas comment me comporter. Je manque d'en oublier les bonnes manières :

- Salut, dis-je un peu gênée.

- Salut.

Comme à son habitude il ne laisse paraitre aucune émotion, ce qui me refroidie instantanément. J'ai soudain l'impression d'avoir tout imaginé ou bien qu'il fût victime d'amnésie la seconde suivant notre baiser… Je suis perturbée et j'en oublie l'objet de ma venue.

- Suis-moi, lance-t-il d'une voix presque inaudible.

Je suppose que la rousse lui a déjà expliqué ce que je venais faire ici.
Je marche derrière Iago et une boule se forme dans ma gorge je suis atrocement stressée et je ne comprends pas pourquoi.
Nous traversons la bibliothèque réservée aux élèves du bureau, elle est nettement plus petite et cosy que la grande où j'étudie. Le silence est presque total, seuls les bruits des touches de claviers se font entendre. Nous arrivons au bout d'un petit couloir, il ouvre la seule porte et me laisse entrée. J'atterrie dans une pièce assez exiguë ; il y a juste la place pour le bureau avec une chaise en face, une bibliothèque et une grosse imprimante. Des tas de papiers gisent sur le meuble en bois massif, et j'en déduis que ce sont certainement des garçons qui s'occupent de ce bureau, *désordonné.* Iago ne décroche pas un mot, ni un sourire, ni un regard d'ailleurs, *j'ai envie de me cacher et je suis sûr que je suis en train de rougir actuellement.*
Il déverrouille l'ordinateur comme si je n'étais pas là, comme s'il ne m'avait pas sauvée d'une agression sexuelle il y a deux

jours, comme s'il ne m'avait embrassé de la plus tendre des manières. Soudain un élan de courage me prend :

- C'est quoi ton problème au juste ?

Il n'a pas l'air perturbé le moins du monde par mon interrogation brutale. *Ça a le don de m'énerver. Comment peut-on être à la fois si sensible et protecteur et impassible et indifférent ? J'ai du mal à le cerner.*

- Je n'en ai pas, répond-t-il après un court silence.

Ma température corporelle monte d'un cran, cette fois j'ai envie de le tuer.

- Tiens, je t'ai ouvert l'accès à l'édition du journal du campus, tu pourras y intégrer ton article ou ce que tu as à mettre dedans. Je lance l'impression vendredi pour qu'il paraisse dès lundi prochain.

Il se fou de ma gueule.

- J'étais pas au courant que t'étais lâche.

Je me lève de ma chaise et m'apprête à quitter ce bureau bien trop petit pour nous deux.

- De quoi tu parles, lance-t-il.

- De quoi je parle ? bah je ne sais pas, réfléchissons… dis-je d'un ton on ne peut plus sarcastique. Peut-être du fait que tu m'as évité un viol samedi dernier et qu'on se soit embrassé juste après. Mais tu sais quoi laisse tomber, j'ai dû me tromper à ton sujet !

Je lui tourne le dos et sors du bureau. Il ne me rattrape pas et je me déçois d'en être déçue. *Quel con !*

Je sors prendre l'air après cette désillusion. Le ciel est chargé et je me rappelle avoir vu à la météo que de la pluie est prévue pour toute la semaine. *Super !*

*

Nous sommes déjà vendredi, je n'ai pas recroisé Iago de la semaine et j'en suis plutôt contente, il m'a vraiment énervée lundi. En même temps je ne peux m'empêcher de penser à lui, *pourquoi un tel retournement de situation ?* J'avais crue voir de la tendresse et de l'affection dans ses yeux le soir où l'on s'est embrassé. *Je me suis certainement trompée*, pas étonnant vu mon expérience en amour.

Je n'ai pas cours cette après-midi, mais un TD de 19h à 21h… je profite donc de cette demi-journée à la maison pour me reposer un peu et m'avancer sur mes devoirs.
J'ai fini mon questionnaire pour mon cours de statistiques hier et suis retournée au bureau du journal pour intégrer mon QR code à l'édition de la semaine prochaine. C'est un mec de troisième année qui m'a aidé, j'ai cherché Iago du regard mais il n'était pas là.

Mon téléphone sonne à 18h et je me félicite d'avoir mis une alarme au cas où, *en effet je me suis endormie devant un film.* Il me reste une heure avant le début du cours du soir, je file dans la salle de bain et échange mon ensemble de survêtement rose tout doux contre un jean noir et un sweat bleu ciel, *le plus important c'est d'être à l'aise.* Je m'asperge le visage d'eau froide et met un peu de mascara, mes cheveux sont sales, je décide de les relever en queue de cheval. Je suis prête !

Ma mère me conduit jusqu'à la fac, malheureusement elle ne pourra pas venir me chercher, elle a dégoté un job provisoire dans une brasserie en tant que serveuse le soir. C'est tout ce qu'elle a trouvé en attendant mieux. Je sais qu'elle n'est pas heureuse ici, sa boutique et ses amies lui manque, *j'ai un pincement au cœur.* Mon père est à un diner d'affaire ce soir à l'autre bout de Paris. Je vais donc devoir prendre le train de nuit qui passe à 21h07, c'est le dernier de la ligne qui mène à chez moi, *j'ai peur de le manquer.*

*

Je m'installe dans l'amphi et attend l'arrivée de l'intervenant. C'est une psychologue clinicienne qui nous accorde son temps ce soir. Je suis contente d'assister à sa conférence plutôt que de devoir effectuer un travail de groupe avec des gens que je ne connais pas.

Le temps passe vite, c'est une femme très intéressante et pleine de vie, elle nous parle de son parcours et de son métier, elle est passionnée et c'est plaisant à voir.

L'université veut remonter son taux d'insertion professionnelle en fin de cursus et pour cela ils multiplient les conférences, événements et interventions extérieures pour espérer nous aiguayer dans nos projets professionnels ou encore pour nous faire découvrir des domaines où effectuer des stages. L'intervenante prend du temps à la fin pour discuter avec nous et répondre à nos questions. Je reste un moment à écouter ses conseils. Soudain mon téléphone sonne, c'est Emmy. Je ne peux pas lui répondre et lui laisse un message :

<u>À Emmy :</u>

Coucou je suis en cours je te rappelle en sortant bisous.

Distribué à 21 :05

21 :05 ?! Merde le train !

Je me précipite hors de l'amphi ne prenant même pas la peine de dire au revoir. Je dévale les escaliers manquant de me tordre une cheville. Le quai est de l'autre côté de la route en sortant du campus, mais j'ai encore l'esplanade de devant à traverser, *je n'y serai jamais à temps…*
Dehors la pluie est battante, je cours aussi vite que possible, éclaboussant mon pantalon en passant dans les flaques que je distingue à peine dans la nuit. Seuls les spots du bâtiment derrière moi éclaire l'esplanade.

J'arrive sur le quai complètement essoufflé. Personne à l'horizon… Je vérifie l'horloge qui indique 21 :08. Avec un peu de chance il est en retard.

-    Je crois qu'on l'a loupé.

La voix me surprend et je crois la connaitre. Je me retourne et découvre Tao assis sur un banc, fumant une cigarette. Nous rions en chœur en réalisant que nous sommes dans la merde pour rentrer chez nous. Je suis trempée de la tête aux pieds et lui aussi. Je m'assoie à ses côtés, tire une taf sur sa cigarette tout en réfléchissant à une solution.

-    On va attraper la mort si on reste là comme des chiens mouillés, fait-il remarquer.

J'acquiesce et nous nous levons en même temps. Tao me propose de prendre le métro, c'est visiblement notre seule solution. Malheureusement la ligne que nous devons prendre se trouve à 20 minutes à pied de la fac et la pluie ne semble pas prête de s'arrêter. Tao habite en banlieue et laisse sa voiture sur le parking de la gare la plus proche de chez lui et vient en train jusqu'ici. Il est donc dans le pétrin pour rentrer chez lui.
Je prends mon téléphone et calcule l'itinéraire pour rentrer chez moi ; je dois prendre la ligne 8, ensuite le tramway C et marcher 15 minutes. Je suis déjà fatiguée avant d'avoir commencé. Je conseille à Tao d'appeler quelqu'un de chez lui qui puisse

venir le chercher à l'arrêt de tramway, mais j'apprends qu'il vit seul dans un petit appart. Il ne lui reste que sa mère qui vit seule dans une banlieue assez loin d'ici.

Nous marchons sous la pluie battante, tremblants de froid. Sa présence rend ce moment moins désagréable et surtout moins stressant, je ne sais pas ce que j'aurai fait toute seule dans la nuit noire à devoir prendre le métro.
Nous discutons de tout et de rien, comme à son habitude il me raconte toutes sortes d'histoires farfelues qui lui sont arrivées et je le soupçonne d'en rajouter un peu. Le GPS indique qu'il nous reste 6 minutes de marche quand nous tombons devant un Macdo. Nos regards se croisent et parlent d'eux-mêmes. Il est déjà tard et nous n'avons rien avalé depuis ce midi. Le métro passe jusqu'à 2h du matin, nous nous accordons alors une pause casse-croute.
Tout comme les rues, le restaurant est rempli. Nous nous installons à côté de la vitre et je profite de l'attente des commandes pour passer un rapide coup de fil à Emmy.
Tao dévore son burger comme un affamé et ne sais pas comment mais Iago devient le sujet de discussion :

-   On se connait depuis qu'on est gosse, commence Tao, nous mères étaient meilleure amie et ont accouché à un an d'écart à peine. C'est comme mon petit frère, avoua-t-il la voix plein de tendresse.

Soudain je percute que ne connais même pas leur âge, il me semble que Tao est le plus vieux puisqu'il est en troisième année d'économie gestion.
Je n'ai pas le temps de réagir ou de poser une question qu'il arbore une mine nostalgique avant de m'avouer :

- Il n'a pas toujours été comme ça…

- Comme quoi ? *même si je sais déjà de quoi il parle.*

- Comme ça … froid, vide et indiffèrent…

Je vois que ça le peine beaucoup.

- Qu'est ce qui s'est passé ?

- Alma et Ella.

- Des ex ? Je dis ça comme si c'était un drame que je ne sois pas au courant.

- Ella oui.

Devinant ma curiosité il poursuit :

- Ils se sont rencontrés en sixième, Iago est toute de suite tombée amoureux d'elle, il était fou de ses « boucles noirs soyeuses et de ses yeux en amandes couleur d'or », dit-il en imitant des guillemets.

Iago était romantique à l'époque… J'ai un pincement au cœur en me disant que quelqu'un lui a retiré ça, qu'il s'est renfermé.

- Il ne lui a pas adressé la parole pendant nos deux premières années de collège, puis en 4ème il s'est retrouvé à côté d'elle en classe. Ils ont été amis quelques temps puis ça s'est fait petit à petit. Bref, il était fou d'elle mais je l'ai toujours trouvé bizarre… Au début je pensais qu'elle n'était pas sincère avec lui mais je crois que c'était autre chose.

Je fronce les sourcils car je ne comprends pas où il veut en venir. Malheureusement, il ne m'en dit pas plus sur ses suppositions.

Tao me raconte brièvement leur histoire qui s'est terminé en première lorsqu'Ella s'est volatilisée du jour au lendemain. Elle n'a plus jamais donné de nouvelles. Iago l'a extrêmement mal vécu, comme un abandon. Un deuxième.

Son père est parti quand il n'avait que 4 ans, trop jeune et insouciant, il ne pouvait pas assumer son rôle de père. *Mon cœur se serre quand j'entends ça.*

- Et la deuxième fille, qui c'est ? demandais-je, ma curiosité insatiable.

- Alma, c'est sa sœur.

Je n'imagine pas ce qui a pu se passer pour que sa propre sœur participe à sa « destruction ».

- Qu'est-ce qu'elle a fait, dis-je d'un ton témoignant un peu trop de mon intérêt pour lui.

- Oh elle ne lui a rien fais, mon raccourci est un peu rapide mais elle n'est responsable de rien, rie-t-il.

- Et donc quoi ?

Cette discussion est passionnante et je n'imaginais pas que Tao puisse se montrer aussi bavard.

- Je n'aurai pas dû t'en parler.

Son ton est sec et je lis un certain regret dans ses yeux. Il me cache quelque chose.

- Il ne saura pas que tu me l'as dit.

- Non June, je ne peux pas, Iago refuse déjà d'en parler, je ne peux pas le faire à sa place…

Je n'insiste pas, comprenant que c'est sérieux et que Iago en souffre encore aujourd'hui.

*

Le métro pointe le bout de son nez à la sortie du tunnel. Il est 22h passé, nous avons bien mangé et surtout bien parlé. J'ai beaucoup appris au sujet de Iago et cela ne fait qu'attiser l'intérêt que j'ai pour lui. L'air froid qui s'engouffre par les bouches de sortie me fait frissonner, moi qui suis déjà congelée. Mes vêtements n'ont pas vraiment séché pendant notre pause repas.
Sur le trajet du retour Tao s'aperçoit qu'il n'a pas trouvé de solution pour rentrer chez lui.

- Dors à la maison, proposais-je sans y avoir réfléchis en amont.

- Non, non, je ne veux pas déranger, puis tes parents risqueraient d'appeler la police en me voyant sur le canapé demain matin.

Je rigole bruyamment, je n'avais même pas pensé à mes parents. Je suis sure qu'ils accepteraient que j'aide un ami qui ne sait pas comment rentrer chez lui. Je le convaincs qu'il n'y a aucun souci et il accepte, *faute d'autre solution je suppose*. Je décide de prévenir mon père qui doit certainement être en plein dans les bouchons pour rentrer de son diner.

À Pap's :

Coucou, je rentre bientôt à la maison (j'ai raté le dernier train), je suis avec un ami qui n'a nulle part où dormir, je lui prête le canapé pour cette nuit, ça ne te dérange pas ? Bisous.

Distribué à 22 :16

De Pap's :

Suis encore sur la route, arrivée prévue 23h merci Paris ! Pas de soucis mais ne faites pas de bruit en rentrant !

Reçu à 22 :23

Nous arrivons enfin à la maison, je suis épuisée de cette soirée.

Nous sommes trempés. Je prête un tee-shirt trop large pour moi à Tao, ce qui me fais rire, *c'est l'inverse normalement.* Je lui déplie le canapé du salon, y dépose un oreiller et une couverture pendant qu'il est aux toilettes.

-   Merci beauté, chuchote-t-il.

Je suis surprise du surnom qu'il vient de m'attribuer mais devine dans sa voix qu'il n'y pas une once de séduction. Cette soirée nous a rapproché et j'en suis ravie. C'est vraiment un garçon génial et je suis contente qu'il devienne mon ami.

Une fois sous ma couette, je peux enfin me détendre et faire le point sur toutes les informations que j'ai accumulé ce soir. Je suis vraiment perturbée de savoir ce que Iago a enduré, l'abandon de son père, de sa première copine, quant à sa sœur je n'ai aucune hypothèse.

Je ferme les yeux et le sommeil me gagne. *Je revois son visage dans la nuit, cette expression sincère de tendresse et ses lèvres se rapprochant un peu plus des miennes…*

Octobre

L'eau chaude ne m'aide pas du tout à me réveiller. Je n'ai rien fais du week-end à part travailler et dormir. Samedi matin quand je suis descendu, j'ai trouvé un mot et des croissants de la part de Tao, il avait plié le plaid et déposer l'oreiller sur l'accoudoir du canapé. Ma mère l'avait trouvé vraiment bien élevé même si elle ne l'avait pas rencontré. Je lui avais envoyé un message pour le remercier.

Octobre est arrivé et annonce un automne déjà bien installé. Je regarde par la fenêtre de la salle de bain, la pluie tombe sans interruption depuis vendredi, *sans déconner ça me manque le sud...*
Mon envie de mettre des couleurs m'est passée, j'opte pour une tenue complètement noire. Et part pour la fac.

J'arrive une heure avant mon premier cours car j'ai prévu d'aller voir le tirage du journal de la semaine avant qu'il soit dispatché dans tout le campus et publié sur le site internet.

Il n'y a personne au bureau des élèves. Je regarde l'affiche à l'entrée qui indique que les élèves sont reçus à partir de 10h. Je m'obstine, *il doit bien y avoir quelqu'un*. Je pénètre délibérément dans la salle, sillonnant les allées. *Personne.*
Je m'apprête à faire demi-tour quand je vois quelqu'un passé de l'autre côté de l'étagère. Je m'avance alors un peu tombe sur *lui*.

Ses cheveux sont un peu aplatis à cause de la pluie et des petites goutent tombent dans son cou. J'aperçois de l'encre dépassée du col de son tee shirt, *si c'est un tatouage je déclare qu'il m'a eu...* Il est de dos et ne m'a pas encore remarqué, j'en profite pour l'admirer.
Il porte un tee-shirt noir amples à manches courtes bien qu'elles s'arrêtent juste avant ses coudes. Son pantalon de survêtement gris moule son fessier de la plus mignonne des manières. *Putain mais reprends-toi June !*

- Hm, hm, c'est le seul moyen que j'ai trouvé pour attirer son attention.

Il se retourne et ne dit rien, un sourire timide se dessine sur son visage. Je ne suis pas en train de rêver, il sourit ! *Ce mec est vraiment lunatique.*

- Salut, dit-il.

- Heu, salut. Je voulais voir ce que donnais le journal de cette semaine avec que j'ai ajouté dessus. S'il te plait. Je suis intimidé par sa présence.

- Ouai viens.

Il me devance et nous nous dirigeons vers le fameux bureau du fond. J'entends à travers la porte la machine à imprimer vrombir, les exemplaires sont en pleine impression mais un beau tas est déjà sorti.

- Je croyais qu'ils étaient imprimés le vendredi.

- C'est moi qui m'en occupe et je n'étais pas là.

Ah bon ? Je ne l'ai même pas remarqué. En même temps c'est vrai que je ne l'ai pas croisé de la semaine dernière.

Je me permets de prendre un exemplaire et de parcourir les pages. Je tombe sur mon petit extrait avec le QR code qui l'accompagne. J'espère que ça marchera et que j'obtiendrai assez de réponses pour mon devoir.

Iago s'est installé derrière le bureau et semble concentré sur l'ordinateur. Je meurs d'envie qu'il me dise quelque chose, n'importe quoi. Du moment qu'il se préoccupe de ma présence. Visiblement non, je ne l'intéresse pas.

- Bon ben, merci bonne journée.

Je m'avance vers la porte avant qu'il réponde :

- Je suis désolé pour l'autre jour, j'ai été con.

Merci de le reconnaitre.

Je lui fais face et je m'empourpre devant ses yeux verts. Je vous l'ai dit cette pièce est trop exiguë, je me sens trop proche de lui malgré ce bureau imposant qui nous sépare.

- Hm… dis-je pour toute réponse.

J'ai visiblement perdu de mon aplomb.

Il reprend constatant que son excuse ne suffit pas à me faire redescendre.

- Je ne suis pas amnésique, je n'ai pas oublié ce qui s'est passé samedi soir, au contraire… Il baisse les yeux.

- Tu es lâche alors. *C'est sorti tout seul.*

- Peut-être oui…

- Tu sais Iago, tu t'es peut-être laissé emporter sur le moment et au final je ne t'intéresse pas et tu ne sais pas comment me le dire, mais je ne le prendrai pas mal alors sois clair s'il te plaît, une bonne fois pour toute. *Je mens en disant que ça ne me touchera pas.*

Un silence lourd de sens s'installe. Ma gorge se noue et une boule au ventre m'oppresse. *J'avais raison, il s'en fiche de moi.*

- Ce n'est pas ça. C'est juste que…

Je vois que parler est vraiment difficile pour lui.

- Je n'ai pas eu d'autre relation depuis ma première copine au lycée.

Oh. Je suis bouche bée. Il ne sait pas que je sais mais du coup je comprends ce que cela signifie.

-   C'est une relation qui m'a blessé et bref je n'ai pas envie d'en parler.

-   Je ne te mets aucune pression Iago, je veux juste que tu sois honnête avec moi, dois-je espérer quelque chose de toi ou non.

Il ne répond pas et mon audace refait surface.

-   Je craque complètement sur toi d'accord, tu hante de plus en plus mon esprit et je ne pourrai cesser de penser à toi avant de savoir si c'est en vain.

Il est scotché face à tant de révélations et de franchise. *Putain je me sens super badasse d'avoir lâché ça comme ça.*

Pour toute réponse il avance vers moi, ses yeux verts me transperçant. Ma respiration se fait plus compliquée, il est à présent à quelques centimètres de moi. Je sens son eau de parfum qui émane de lui. Ses cheveux sont désormais secs et j'ai une terrible envie de passer ma main dedans. Je n'arrive pas à deviner ce qu'il pense car son visage ne laisse toujours rien paraitre. Plus grand que moi de plusieurs centimètres son visage me surplombe. J'ai l'air d'une enfant qui admire le père noël. *Oui je sais ce n'est pas la meilleure comparaison mais c'est tout ce qui m'est passé par la tête.*

- T'es trop mignonne quand tu rougis.

Oh merde.

- Heu ouai… je… je devrais y aller. *Retiens-moi !! crie ma conscience.*

Et il m'entend.

- Pas toute de suite, dit-il en m'attrapant par les hanches.

Dire que je suis surprise serait un euphémisme. Tout mon corps est en alerte et la température de la pièce vient de monter de 10 degrés.

Il me porte sous les fesses et j'enroule instinctivement les jambes autour de son bassin. Il me dépose sur le bureau et m'embrasse fougueusement. Mes jambes ne le lâchent pas et mes mains sont désormais dans sa chevelure aussi douce que dans mes rêves.
Nos langues se rencontrent et j'en ai des frissons. *Je n'ai jamais ressenti un truc pareil.*
Iago me plaque contre lui avec une main dans le creux de mon dos tandis que l'autre

se glisse dans mon cou. Il caresse ma joue avec son pouce et je fonds sous contact. C'est aussi délicat et sensuel que sauvage et plein de désir. Notre baiser ne s'arrête pas, je suis à bout de souffle mais je ne me retire pas.

Soudain sa bouche quitte la mienne et s'attaque à mon cou, laissant sur son passage des baisers doux et chauds. Mon corps n'est que frisson et sensations. J'éprouve du désir pour lui comme je n'ai jamais ressenti pour personne.

La main qui a quitté mon cou pour céder la place à sa bouche s'attaque à ma cuisse, il remonte dangereusement vers la ceinture de mon jean.

Je ferme les yeux, brulante de désir, mais c'est cet instant que choisis mon cerveau pour gâcher la fête. Je revois ces trois hommes autour de moi et je sens sa main rugueuse se glisser sous ma jupe. Je refoule mon envie d'hurler tant les souvenirs sont douloureux.

Iago a dû sentir que quelque chose clochait et s'arrête immédiatement. Il se redresse et me regarde dans les yeux. C'est à ce moment-là que je sens les larmes qui coulent sur mes joues. *Bordel.*

La panique gagne son visage et il ne sait manifestement pas quoi dire, ne comprenant certainement pas ce qui se passe.

J'essuie mes yeux d'un revers de manche, repose les pieds au sol et quitte le bureau en moins de temps qu'il faut pour le dire. Je m'enfui, *sans explications.*

Je m'en veux terriblement. Bordel qu'est-ce que j'ai été bête. J'aurai dû lui expliquer, pas partir comme une voleuse.
Bordel de merde j'ai tout gâché.
Même si sa façon de communiquer est physique, il était en train de s'ouvrir à moi. C'était la réponse à ma question. *Dois-je espérer, l'attendre ?* Il semblait m'affirmer que oui… et je suis partie. *Je l'ai abandonnée.*
Je dois maintenant figurer sur la liste des gens qu'il déteste le plus avec son ex en top un. *J'ai envie de pleurer.*

Cela fait maintenant trois heures que je bulle sur mon lit. Après le passage du bureau je suis allée en cours, dieu merci je finissais à 14h et je ne l'ai pas recroisé. *C'est peut-être moi la lâche finalement.*

Je passe un coup de file à Emmy pour me réconforter. Elle me raconte ses journées qui ont l'air plus fun que les miennes en ce moment. Je décide de ne pas évoquer Iago, j'ai envie qu'il quitte mon esprit quelques instant au moins.

Est-ce que ça marche ? non.

Nous raccrochons au bout d'une demi-heure et j'entends mes frères rentrer du collège. Je ne vois plus beaucoup ma famille en ce moment et ça me manque. J'ai beaucoup de travail et j'y consacre tout mon temps libre.

Je les rejoins dans le salon et lance une partie de Mario kart multijoueur sur la télé. Nous jouons tous les trois, s'arrachant la première place. C'est un moment vraiment agréable et je rigole beaucoup quand j'entends Raph râler contre son personnage, ou son véhicule. Noah triche comme à son habitude et tente de nous déconcentrer.

Mon père franchi la porte au moment où je passe la ligne d'arrivée.

-Gagné !!! criais-je.

Mes frères font la moue pendant une seconde.

Je suis surprise de voir mon père rentré si tôt en pleine semaine. Mais ça me fait vraiment plaisir, peut-être que ce soir nous pourrons diner tous les cinq. Maman ne travaille pas au restaurant aujourd'hui, elle est d'ailleurs en train de préparer le diner dans la cuisine.

La soirée est très agréable et je crois que ce fait du bien à tout le monde de diner en famille. Chacun raconte sa journée, agrémenté de petite anecdotes. Ce moment de partage me rappelle que nous nous sommes un peu éloignés depuis l'emménagement. *C'est dommage.*

*

Nous sommes mercredi et le soleil nous fais enfin honneur de sa présence. Je suis assise sur notre bout de terrasse à boire un jus de fruit frais. Je viens de passer la matinée à bosser et mon cerveau manque d'exploser. Je n'ai pas cours à la fac aujourd'hui mais je constate de plus en plus que le travail personnel constitue l'essentiel de mes études. Je fais le plein de vitamine D quand mon téléphone vibre sur la table en verre.

De : +33689011235

(Hein ? mais qui ça peut être)

Salut, je voudrais m'excuser pour l'autre jour, rejoins-moi à 15h...
ouvrir dans plans
Iago

Reçu à 11 :56

Mon cœur fait un bond dans ma poitrine et un tas de question me submergent. *Comment a-t-il eu mon numéro ? Pourquoi se sent-il responsable ? Et pourquoi pense-t-il que c'est à lui de s'excuser ? Où veut-il que je le rejoigne et... STOP !* Il faut que je me calme et réfléchisse.

J'ai très envie d'y aller mais j'ai aussi terriblement peur de ce qui peut se passer.

Ce garçon me surprend de jour en jour, et je ne sais pas à quoi m'attendre aujourd'hui. Soudain ce que je commence à ressentir pour lui me frappe en plein visage. *Aïe...*

Je me rappelle alors que j'avais prévu de passer la journée à la maison, ce qui implique des cheveux sales, un pyjama Disney ridule et une mine affreuse. Un ravalement de façade s'impose même si je veux rester naturelle.

La playlist de cinquante nuances de Grey emplit la salle de bain et je pris pour que ma voix ne provoque pas une tempête. « You make it look like it's magic, ouhouhou, cause I see nobody, nobody, but you, you, you, I'm never confuuuuuused, hey, hey !"
Très à propos cette chanson.

Je retire la serviette de mes cheveux et commence à les sécher, l'appareil chauffant devenant un micro improvisé. « So I'm care for you, you, you (…) and you deserve it oh oh…" un vrai concert. Je sais pertinemment que c'est le message de Iago qui me met dans tous mes états. Une fois la mine maquillée et les cheveux coiffés je m'attaque à la tenue. Je ne sais pas quoi porter pour ce genre de « rendez-vous », je ne sais même pas où l'on va, le point affiché sur plan est dans une rue que je ne connais pas.

Après de longues minutes d'hésitation et de changements d'avis, j'opte pour un pantalon fluide bleu ciel taille haute, un haut manche longues un peu courts blanc, un petit sac à dos noir en cuir et une paire de converse hautes blanches. C'est une tenue très simple mais dans laquelle je me sens à l'aise et jolie. Je prévois tout de même une doudoune chaude pour dehors.

*

Je sors de la bouche de métro, ce fut un petit périple pour arriver jusqu'ici. Le soleil est toujours là ce qui rend cette journée encore plus belle. Je suis arrivé à destination selon le GPS, or je suis simplement en pleine rue passante entouré de boutiques et de cafés. Je tourne la tête à sa recherche, lorsqu'il apparait à quelques mètres. *Je m'empourpre.* Malgré la distance entre nous qui diminue je ne perçois aucune émotion sur son visage ce qui a le don de faire monter en flèche mon anxiété. Je tente un rictus et il me le rend, *je crois…*

- Salut

- Coucou, *je sens le sang monter à mes joues, la honte…*

- J'ai un endroit à te montrer, suis-moi.

Oui ça va et toi merci de demander…. Vraiment chelou ce type, et ce qui est encore plus chelou c'est que je semble apprécier son comportement en demi-tons, *car ce ne sont plus des papillons dans mon ventre mais des tourterelles !*

Je le suis dans une petite ruelle qu'il semble être le seul à connaitre. Elle est si étroite entre les deux immeubles qu'aucun rayon de soleil n'y pénètre. C'est alors que je vois une sorte de manoir miniature, une grande maison ancienne, *je ne saurai pas qualifier le bâtiment qui se dresse devant nous.* Iago est plus grand que moi et sa tête m'empêche de voir la devanture.

- Tu aimes les livres ?
Quelle question !

- Euh… oui j'adore ça en réalité… *je suis si timide mais qu'est ce qui m'arrive.* J'ai l'impression que son lunatisme est contagieux, un coup j'ai l'audace de lui avouer que je craque pour lui et une autre fois je bégaye devant ses yeux verts.

Nous montons quelques marches tordues et Iago pousse la porte en bois. Une petite cloche annonce notre entrée, je reste un instant sur le perron et observe la façade. C'est une bâtisse en pierre apparente qui me semble être là depuis des siècles, du lier sauvage rampe sur les murs et deux pots de fleurs pendent des deux côtés de la porte. C'est absolument magnifique et très rustique. Pendant un instant je ne suis plus en plein paris, nous sommes dans une bulle hors du temps.

Un vent frais me fait frissonner et me ramène à la réalité, je rejoins Iago dans ce qui semble du coup être une bibliothèque.
L'intérieur me coupe le souffle, en tant que grande lectrice je m'imagine souvent à quoi ressemblerai ma bibliothèque si j'en avait une. *À ça !* C'est celle de mes rêves, exactement celle-ci. D'énormes

bibliothèque en bois massifs occupent tout l'espace, des petites tables sont disposées devant les fenêtres avec dessus une petite lampe vintage. De grands luminaires anciens tombent du plafond qui doit au moins se trouver 10 mètres au-dessus de notre tête. J'aperçois alors qu'il y a une mezzanine qui semble faire office de coin lecture. *J'adore cet endroit, de tout mon cœur.*

Un vieux monsieur vient nous accueillir, il porte des petites lunettes rondes sur le bout de son nez, on dirait le lutin de la forêt enchantée d'où sort cette bâtisse. Il fait un signe de tête à Iago et je comprends qu'il vient souvent ici.

Je suis tellement émerveillé par ce lieu que je n'ai pas décroché un mot depuis tout à l'heure, mais ça n'a pas l'air de le déranger. Iago me guide à travers les allées et je me perds à regarder la quantité astronomique de bouquins qui y sont rangés. J'ère un instant dans l'allée destinée à la romance et je réalise que Iago n'est plus là. Je m'apprête à faire demi-tour et à aller le chercher quand le livre devant moi bascule sur le côté. *Une scène me revient en tête...* J'aperçois alors son doux visage entre les livres. De l'autre côté de la bibliothèque qui nous sépare, Iago me souris, et je comprends qu'il se rappelle le même moment que moi. La première fois qu'il a semblé s'intéresser à moi, après mon agression, il m'était apparu de la même manière, caché derrière les étagères.

- Tu aimes ?

- Cet endroit ? tu rigoles, il est incroyable, ce cachet, cette authenticité, c'est magnifique.

Un sourire timide se dessine sur ses lèvres pour seule réponse.
Je contourne l'immense bibliothèque et le rejoins de l'autre côté.

- Pourquoi m'amener ici ?

À ma grande surprise il détourne ma question.

- On va faire un truc, va chercher ton livre préféré et moi le mien on se retrouve en haut.

Je décide d'obtempérer et pars à la recherche de « Symbiosa ».

Je le trouve enfin après ce qui m'a semblé être une éternité, dans la catégorie « sorties récentes ». Je monte les escaliers qui mènent à la mezzanine, mon bouquin dans les mains, et il m'attend. Assis sur un pouf contre le mur, son livre posé sur le tapis devant lui.

- T'es pas bien rapide dis donc !

Je lui tire la langue. C'est tellement étrange ce qui se passe entre nous, des fois j'ai l'impression que nous sommes vraiment complices et que nous n'avons même pas besoin de parler pour se comprendre, alors que parfois sa barrière se dresse devant moi et le rend si distant et inaccessible…

- Alors ? qu'as-tu à me proposer ? lançai-je pour éviter de divaguer…

- L'effet papillon d'Adler Olsen, un roman policier.

- Oh.

- Et toi ?

- Symbiosa, romance.

- Misère, Iago se cache le visage pour masquer son désespoir.

- Quoi, il est génial !
Il rit face à ma tentative de défendre mon choix.

-   Ok c'est ce qu'on verra, donne-le-moi, il me tend le sien.

-   Pourquoi ?

-   Je vais le lire, et toi tu vas lire le mien, si tu en as envie bien sûr. Je trouve que connaitre le livre préféré de quelqu'un en dit long sur sa personnalité…

Je le coupe.

-   Et comme tu préfères lire plutôt que discuter tu t'es dit que ce serai plus simple comme ça.

Il sourit, je viens de terminer sa phrase et il semble être agréablement surpris. C'est dans ces moments-là que je suis convaincue qu'on se comprend, voir même qu'on se connait déjà. Nous sommes assis en tailleur face à face, en silence. Lorsqu'il décide enfin de m'expliquer ce rendez-vous :

-   Je suis désolé pour l'autre jour, je n'aurai pas dû essayer quoique ce soit, pas après ce qui t'es arrivé… *j'attends la suite, parce que je sais qu'il y en a une*, et pas avec toi, je ne veux pas m'y prendre comme ça…

Waouh, qu'est-ce que ce dernier bout de phrase veut dire au juste…

- Et tu veux t'y prendre comment ?

- Comme ça, apprendre à te connaitre, vraiment, pas ton corps…

Il est très sérieux. Je fonds. Peut-être que les autres filles auraient trouvé ça vieux jeux ou ennuyant, mais moi je trouve ça romantique. J'ai très envie de l'embrasser. Je sens les tourterelles s'affoler dans mon estomac. Iago vient de m'avouer vouloir apprendre à me connaitre, moi. Et je ne saisis toujours pas pourquoi.
Nous restons là une bonne partie de l'après-midi à discuter, de lui, de moi, de tout, de rien.
Il est en troisième année de journalisme, son rêve était de travailler dans la police criminelle, *d'où ce penchant pour les polars.* Or, son père était de la police et il ne veut pas avoir de point commun avec l'homme qui l'a abandonné. Je sens mon cœur se serrer quand Iago me parle de ça. *Renoncer à son rêve par culpabilité de ressembler à son père… c'est tellement triste.*
Il ne s'est jamais autant ouvert à moi.
J'attends la suite des confessions mais il s'arrête là et j'en déduis que c'est tout pour

aujourd'hui. J'ai encore tellement de
question, sur son ex, sa sœur, sa vie, je veux
tout savoir de lui. Il me regarde dans les
yeux, *et les tourterelles s'envolent.*

CHAPITRE 10

QUAND LE COEUR S'EMBALLE

Mon réveil sonne et j'ai l'impression d'avoir dormi deux heures. Hier soir je n'ai pas su arrêter la lecture d'« effet papillon », l'intrigue ne me passionne pas vraiment mais le fait qu'elle me permette d'en savoir plus sur Iago, si !
Je n'ai pas arrêté de penser à lui depuis notre escapade d'hier entre les livres.

Je me prépare pour aller en cours, ma journée commence par un cours de Monsieur David, c'est la première fois que je vais le revoir depuis l'épisode du bar… Soit il n'était pas là, soit je séchais ses cours. Mais je dois bien me résoudre à le revoir, j'ai une année entière à le supporter ainsi que l'angoisse qui me gagne, rien qu'à l'idée de l'avoir en face de moi.

*

Octobre est arrivé, le froid matinal aussi, c'est l'excuse idéale pour piquer l'écharpe de ma mère avant de partir.

Je somnole dans le train où pour une fois j'ai trouvé une place assise. Du piano dans mes oreilles, je revis la scène d'hier après midi, on dirait une psychopathe à repasser en boucle les quelques heures que j'ai passée avec lui. En réalité je stress aussi de le revoir car je ne sais pas du tout quel comportement il aura.

*

Je pénètre dans le bâtiment C et me dirige vers l'amphithéâtre où j'ai mon premier cours de la journée, *youyou j'ai hâte !* Soudain quelqu'un me saute dessus :

-   Hey girl ! Alix est bien réveillée ce matin.

-   Coucou, répondis-je un peu endormi.

-   Ça va aller ? pour monsieur David je veux dire ?

-   Je sais pas…

Nous nous installons en haut de l'amphi et une boule se forme dans mon estomac lorsqu'il apparait sur l'estrade, *quel enfoiré !*

Monsieur David déblatère son cours comme s'il était le prof le plus passionné et bienveillant du monde, j'ai envie de vomir en repensant à ses mots crus.

Je tiens une trentaine de minutes avant de décider que s'en est trop, il ne peut pas rester impuni, surtout si ce n'est pas la première fois qu'il harcèle une jeune femme.

Je quitte le cours précipitamment et fonce aux toilettes pour calmer mon esprit.

Je m'assois sur le couvercle de la cuvette et réfléchis à une solution. Je déteste l'injustice et encore plus les pervers. Peut-être que si je parlais, d'autres victimes auraient le courage de se montrer et de le balancer. Mais en réalité il ne m'a rien fais, physiquement je veux dire. Ma tête risque d'exploser si je ne prends pas l'air.

Je vais m'asseoir sur un banc sous un arbre sur l'esplanade du campus et grignote ma barre de céréales pensive.

- Hey t'as pas l'air dans ton assiette. C'est Tao qui m'a rejoint, ça fait un moment que je ne l'ai pas vu et ça me fais plaisir qu'il vienne me changer les idées.

- Salut, si ça va merci, et toi ?

- Nikel j'ai pas cours ce matin je suis venu bosser à la bibliothèque.

- Cool. Je regrette à l'instant d'avoir utilisé un ton si froid, mais ce satané prof me met les nerfs en plote et je ne décroche pas.

Je décide finalement de me détendre et de profiter de ma pause en bonne compagnie. Nous restons quelques minutes à discuter, lorsque les autres nous retrouve. Marc et Alix sont de plus en plus proches, et Gab de moins en moins timide.
Je remarque l'absence de Iago, et j'éprouve une légère déception.

La sortie en boite de nuit de samedi soir devient le principal sujet de discussion, Alix me tanne pour venir, mais pour le moment je n'en n'ai pas très envie et je suis un peu fatiguée. Elle lève les yeux au ciel et souffle pour exprimer son mécontentement. Iago apparait au loin et vient vers nous, mon cœur s'accélère à sa vue. *Merde...*
Il nous salue tous d'un signe bref de la main et allume une clope. J'ai le droit à un regard en coin lorsqu'il allume son briquet, rien d'autre. *En même temps est-ce que je dois m'attendre à plus ? Est-ce que je veux plus ?* Les gars lui proposent de venir samedi soir, et il accepte. *Je vais peut-être changer d'avis dans ce cas.*

Je traverse le bâtiment pour aller en cours, concentrée sur le message que m'a envoyé

Emmy, et comme à mon habitude je bouscule quelqu'un sur mon passage. *Mais pas la bonne personne…*

-   Oh June ! lance Monsieur David enjoué.

-   Pardon… je fais un pas de côté pour m'en aller mais il me saisit le bras.

-   Ne partez pas, pas comme tout à l'heure.

J'esquisse un rictus gêné.

-   D'ailleurs si vous commencez à rater les cours vous aurez besoin de rattraper votre retard, des cours particuliers peuvent être utiles, il me fait un clin d'œil et s'en va.

C'est quoi ce délire ! Je tremble comme une feuille, cet homme me terrifie désormais. C'est vraiment un salaud, et je ne doute plus du tout du fait qu'il ait déjà racolé des étudiantes. Il faudrait que j'en touche un mot à Tao, il m'en dira peut-être plus sur l'histoire de la petite sœur de Iago. Je marche sans trop réfléchir vers quelle direction quand une notification me fais sursautée.

Facebook *Fabien David, professeur en psychologie clinique, Université Paris Nanterre vous a ajouté en ami*

Sérieux ?! Je ne sais même pas si je suis vraiment surprise, je range mon téléphone dans mon sac à main et décide d'ignorer cette demande d'ami, *indécente.*

Cette journée fut vraiment pénible, je m'écroule sur mon lit après une bonne douche et fixe le plafond dans la lune. Soudain la blancheur des murs me frappe au visage et je me souviens que je voulais acheter de quoi décorer ma chambre. Je fini tôt demain après-midi, j'en profiterai pour aller faire les boutiques. Je n'ai pas envie de travailler ce soir et décide de reprendre la lecture d'Effet Papillon j'en suis presque à la moitie, l'inspecteur Mork est vraiment futé. Je me souviens alors que j'ai le numéro de téléphone de Iago, je ne sais toujours pas comment il a eu le mien d'ailleurs. Je retrouve son message dans mon historique et décide de lui en envoyer un.

A Iago :

Vraiment dégueu le passage du cadavre, mais cela dit j'aime bien l'inspecteur.

Pas de réponse.

***

Le wok de légumes que ma mère a préparé embaume tout le rez-de-chaussée. Raph et Noah sont déjà installé à table et papa est encore penché sur ses mails de la journée.
Le repas est assez silencieux par rapport à d'habitude et je devine que quelque chose cloche entre mes parents, ils ne s'adressent pas un regard. Ça ne perturbe pas mes frères trop occupés à débattre sur le meilleur modèle de voiture à utiliser pour la mission sur GTA, *très pertinent.*

- Alors maman, ça va au resto ? je tente de briser la glace.

- Oh, j'ai démissionné.

Merde… je n'étais même pas au courant que ma mère n'avait plus de travail.

- La mode me manque et les horaires du soir ne sont vraiment pas pratique.

- Oh. Et tu vas faire quoi maintenant.

-   Balancer notre argent dans un « projet fou », intervient mon père en imitant des guillemets avec ses doigts.

Ok j'avais raison quelques chose cloche.

-   Michael arrête s'il te plait…

-   Qu'est ce qui a ? demande Noah qui a soudain l'air de s'être reconnecté au moment présent.

-   Rien, tranche mon père. Mange tes légumes.

Je décide de ne pas insister pour le moment, je parlerai à ma mère plus tard.

Le diner se termine rapidement et dans une atmosphère pour le moins tendue. Raph et moi débarrassons la table pendant que mes parents discutent sur la terrasse. Je les entends à travers la fenêtre entre ouverte mais ne parviens pas à comprendre ce qu'ils se disent.
Les garçons montent se coucher et je décide de faire de même.
J'ai du mal à trouver le sommeil, assez tracassée par cette histoire, j'ai toujours détesté quand mes parents se disputaient.

Iago

Je veux absolument finir mon article pour pouvoir le publier demain. Je tiens un blog personnel sur lequel je publie sur les actualités dans le monde et aussi des avis sur les livres que je lis. Je n'ai pas beaucoup d'abonné mais ce projet me tient à cœur et me permet de me déconnecter quand j'écris. *Symbiosa* me fait de l'œil, posé à côté de mon ordi. Je lutte depuis plus d'une heure pour ne pas l'entamer et finir d'abord mon article.

Quand June apparait dans mon esprit. *Fais chier. Elle me déconcentre.*

Elle était si mignonne aujourd'hui avec son pull à rayures et ses longs cheveux ondulés coincés derrière les oreilles. J'ai bien vu comment son expression à changer quand je suis arrivé, elle est si facile à cerner. C'est comme un livre ouvert, on y lit toutes ses émotions. Surtout à travers ses yeux, *ses beaux yeux noisette.* Je tente de me ressaisir et de chasser son image de ma tête.

*

Il est bientôt minuit quand j'entame le septième chapitre. Je trouve ce roman surprenant, le côté science-fiction me plais beaucoup. Mais il est quand même réaliste.

J'ai ris quand j'ai vu que le personnage principal s'appelait Tiago, *coïncidence ?*
En tout cas j'espère que la vision de l'amour qu'à ce garçon ne reflète pas celle de June.
Et t'espère quoi au juste ? souligne ma conscience. A vrai dire je n'en sais rien. Je ne sais même pas ce que je suis en train de faire ou de commencer avec cette fille. Elle m'attire, vraiment. *Mais suis-je prêt à ouvrir de nouveau mon cœur. Est-ce que je suis réellement guéri d'Ella ?* J'ai envie mais j'ai peur. June a l'air si innocente et gentille, dans le bon sens du terme, que je ne peux pas lui faire de mal.
Mais en même temps je n'arrête pas de penser à elle, depuis qu'on a partagé cette cigarette sur le balcon chez Marc. Je m'étais empêché de rire quand elle avait feint de fumer normalement alors que son dégout pour la cigarette se lisait sur son visage.
Mais je crois que ce qui a officialisé mon intérêt pour elle, c'est quand j'ai constaté à quel point je m'étais inquiété pour elle quand j'avais vu les pompiers arriver en bas de l'immeuble et entendus les gens raconter ce qu'il s'était passé.
June était une inconnue à ce moment-là, *elle l'est encore d'ailleurs,* pourtant quelque chose m'attirait déjà indéniablement vers elle. Je veux la protéger, je veux être là, je veux la connaitre comme personne ne la connais, et je ne sais pas pourquoi. *Flippant.*

Seulement je m'y suis mal pris, je sais, en orientant notre « relation » sur le plan physique j'ai failli tout gâcher et lui faire croire que comme tous les mecs de plus de 15ans je ne voulais que son cul. Or pas du tout, c'est simplement que depuis Ella je n'ai connu que ce genre de relation, pas de sentiments, pas de problèmes. Ça m'allait très bien. Mais aujourd'hui je n'en suis plus si sûr…

*

June

Ce soir c'est le week-end, enfin !
Le cours de statistiques est bientôt fini et monsieur Cassidy, engoncé dans sa chemise, nous annonce que les résultats de nos derniers devoirs sont disponibles sur notre espace élève sur internet. J'avais rendu le mien a temps et avait récolté plus de 150 réponses à mon questionnaire, ce qui j'espérais me démarquerai des autres. Alix n'avait pas eu le même sujet que moi et m'avait dit s'être bien débrouillée. Je consulterai ma note en sortant de cours.

Il pleut averse dehors, je m'installe donc avec Alix sur les chaises hautes du bar de la cafeteria. Soudain mon alarme sonne et me rappelle mon entretien de tout à l'heure. J'ai reçu un mail l'autre jour d'une boutique pâtisserie/salon de thé qui cherche une vendeuse, mon profil Indeed les a apparemment intéressés, bien que je n'aie aucune expérience dans le domaine. Je préviens Alix que je vais devoir m'en aller. Elle me fait remarquer que je ne lui ai même pas parler de cet entretien avant ces deux dernières minutes et je réalise que Iago occupe toutes mes pensées. Elle n'est pas au courant pour mercredi après-midi, et je ne lui ai en effet pas parler du fruit de mes recherches d'emploi, ni du comportement de monsieur David. *Ça craint.* Je pense alors à Emmy, qui elle non plus n'est au courant de rien.

*

Je descends du bus bondé et arrive après deux minutes de marche devant la pâtisserie. Elle est petite mais très joliment décoré. La devanture style victorien est peinte en bleu ciel, des petites chaises et tables en fer forgé blanc sont installées sur le trottoir, et des pots de fleurs habillent la terrasse improvisée. Je pousse la porte et une petite cloche annonce mon arrivée, *comme à la bibliothèque.*

Une jeune femme au carré court noir m'accueille, elle a l'air très sympathique. Je patiente dans un des canapés en observant l'intérieur de la boutique. Une odeur de gâteaux rempli la pièce et me donne l'eau à la bouche. Les vitrines sont remplies de pâtisserie en tout genre, colorées et décorées minutieusement. Une petite musique d'ambiance couvre les bavardages, c'est un endroit vraiment chaleureux.

- Mademoiselle Bazé.

Je me retourne pour découvrir mon interlocuteur et me lève. C'est un homme en costume noir, assez grand, les cheveux bruns presque noir, la trentaine. Je le suis dans l'arrière-boutique, nous traversons ce que je devine être la réserve et atterrissons dans un petit bureau, *aussi petit que celui du bureau des élèves.* L'homme s'assoie en face de l'ordinateur et m'invite à faire de même. Je pose mon manteau sur le dossier de chaise et m'installe.

- Pour commencer je vais d'abord me présenter, je m'appelle Carter, Carter Mill. Je suis le directeur/ gestionnaire de la filiale Cake' N Cup, et je gère les trois boutiques que nous avons dans Paris.

Il a beaucoup d'aplomb et est assez sexy. Mais je ne me laisse pas distraire et me présente à mon tour.

Carter m'explique l'origine de la filiale, qui est basée aux Etats-Unis et qu'il est en train de développer en France. Après un rapide tour sur mon cv ainsi que sur mes compétences et atouts potentiels pour le job, monsieur Mill m'explique en quoi consisterai mon travail ainsi que toutes les modalités à connaitre. L'entretien se déroule très bien, j'ai le sentiment de faire bonne impression et n'hésite pas à sourire davantage pour mettre toutes les chances de mon côté. Au bout de ce qui me semble être une petite demi-heure je sors du bureau, il me serre la main, *assez vigoureusement*, et me promet une réponse dans les 48 heures. J'ai bon espoir.

Je commande un jus de fruits pressé et un cupcake banane chocolat avant de partir. La vendeuse qui m'a accueillie tout à l'heure me tend un petit sac en papier à l'effigie de la marque et me souhaite une bonne journée. Je déguste mon gouter sur le chemin du retour et profite de ma place assise dans le train pour envoyer un message à Alix.

A Alix :

Entretien passé, je pense que ça va le faire, le patron est hyper sexy au passage !

Distribué à 15 :44

Iago

J'émerge doucement de ma nuit bien trop courte. L'apéro d'hier soir chez Gab s'est un peu éternisé. Heureusement je n'ai bu que deux verres et je m'en félicite ce matin quand je peux me lever sans mal de crane. Ma montre indique 9 :38 et je suppose que ma mère est déjà partie bosser et depuis bien longtemps. L'appartement est silencieux et je ne sais pas pourquoi mais ce matin ça m'angoisse. J'allume alors mon enceinte qui se met à diffuser ma playlist coup de cœur. C'est un samedi matin banal, je fais une petite séance de sport dans le salon, prend une douche, et me met à bosser mes cours de la semaine.

Il est 13 heures passée quand ma mère rentre du travail, elle est infirmière dans une maison de retraite, son travail lui pompe toute son énergie mais il y a les factures à payer. Je m'en veux de ne pas l'aider financièrement, mais l'investissement demandé en troisième année de journalisme ne me laisse pas le temps d'avoir un job à côté. Je lui sors le reste de lasagne du four et lui prépare un plateau repas. Elle s'écroule dans le canapé et allume la télé. Je décide de la laisser tranquille et regagne ma chambre.

- Au fait Iago j'ai reçu une carte postale de ta sœur, elle est posée sur ma table de nuit si tu veux la lire, crie ma mère du salon.

Comme à chaque fois que l'on parle de ma sœur mon cœur tambourine dans ma poitrine et je fonce chercher la carte. Je m'assoie au pied du lit de ma mère pour la lire. Cette fois sur le devant c'est la photo d'une plage paradisiaque avec écrit « Besós », je la retourne :

Coucou maman, coucou hermano,
Tout se passe bien ici, je continue d'aider tonton à la ferme. Mon bronzage est maintenant optimal grâce au soleil qui vient nous voir tous les jours. Carlos est plus gentil que quand il était petit, je m'occupe de lui de temps en temps. J'aurai bien aimé rentrer pour noël mais j'ai peur de pas avoir assez d'argent d'ici-là. Je vous tiens au courant. Vous me manquez.
Os quiero
Alma

La carte est datée du 2 septembre, visiblement la poste mexicaine n'est pas bien rapide. Je range la carte dans le tiroir de la table de chevet et retourne dans ma chambre. La nostalgie me gagne, *ma sœur me manque.* Bien que je comprenne son choix je crois que je ne l'ai pas encore accepté.

Cela fait maintenant 9 mois qu'elle est partie chez mon oncle et ma tante au Mexique. Personne n'est au courant à part Tao parce qu'il était là quand elle nous a annoncé qu'elle partait. C'est le seul à qui je peux en parler et à qui je peux montrer mes faiblesses. Alma en est une, c'est la deuxième femme de ma vie après ma mère et son départ fut un réel choc. On m'a déjà abandonné dans ma vie mais elle était toujours là, avec ma mère, ce sont mes piliers. Or il y a quelques mois on m'en a enlevé un, *encore.*

Finalement, j'aime autant que je déteste les jours de carte postale, comme je les appelle, avoir des nouvelles d'Alma me donne du baume au cœur mais me rende aussi terriblement triste. C'est le seul moyen de communiquer, les appels vers la France sont beaucoup trop chers pour elle, et il n'y a quasiment aucun réseau dans le coin où elle loge.

L'après-midi s'écoule gentiment, je peaufine des articles pour mon blog et continu la lecture de Symbiosa. J'apprécie de plus en plus ce roman, *à ma grande surprise*. Tiago a rencontré son « Autre » et ça m'a l'air mal barré pour le moment.

Finalement ce samedi ne va vraiment pas être comme les autres, après la carte postale de ma sœur c'est un autre message encore plus perturbant que je reçois.
En voyant le nom apparaitre à l'écran je manque la crise cardiaque. *Ella*. Je vérifie le numéro et constate qu'il est toujours bien ancré dans ma mémoire. *C'est bien elle*. Elle vient de m'envoyer un message. Je dois rêver. Je ne l'ai pas encore lu que je suis déjà dans tous mes états. Ça fait tellement longtemps. Des années. Trois pour être précis, peut-être même plus. Je n'arrive pas à y croire. Après trois ans sans nouvelles, elle réapparait, du moins sur l'écran de mon téléphone.

*

June

J'entends toquer à la porte, Alix est pile à l'heure. On a décidé de se préparer ensemble pour aller en boite ce soir. *Ah oui, j'ai accepté de venir*, en parti parce que je sais que j'y verrai Iago. Nous montons les marches quatre à quatre, empressées de se montrer nos options de tenue.

Elle remarque immédiatement la tenture murale toute neuve que j'ai accrochée au-dessus de mon lit. Je suis enfin aller en acheter une cette après-midi avec ma mère. C'est une grande toile représentant la vague japonaise de l'estampe de Hokusai, une de mes œuvres d'art préférées.
J'ai aussi pris des petits cadres pour accrocher des photos souvenirs au-dessus de mon bureau, reste plus qu'à les imprimer.

Nous nous préparons en musique dans la salle de bain et j'en profite pour lui raconter ce qui s'est passé avec Iago. Alix est sur le cul, elle ne s'attendait vraiment pas du tout à ce qu'on se pelote dans le bureau des élèves mais encore moins à ce qu'on se voit dans une bibliothèque romantique à échanger nos bouquins préférés. Et quand on y pense on a un peu fait les choses à l'envers. Je lui fais aussi part de mon inquiétude quant à la suite car depuis mercredi, à part un regarde au-dessus du briquet je n'ai pas eu de signal.

- Tu sais chérie, Iago est particulier, du peu que j'en connais, il est super solitaire et changeant. C'est Marc qui m'a dit ça. Donc tu ne devrais pas trop t'emballer, c'est pour toi que je dis ça, j'ai pas envie que tu sois déçue c'est tout.

Sa remarque me blesse un peu, mais elle n'a pas vraiment tort, ses actions sont très ambivalentes et ses intentions ne collent pas forcément avec ses actes. Je veux dire pourquoi faire silence radio depuis mercredi s'il veut me connaitre comme il le prétend ?
Je ne veux pas me saper le moral alors je change de sujet.

*

Nous nous garons dans le parking souterrain, Marc qui possède une voiture est venu nous chercher, Alix avait la place de devant et moi je me suis assise à l'arrière avec Gab et Tao. Je suppose que Iago nous rejoins là-bas, mais je n'ose pas vraiment demander. Je quitte enfin le véhicule embaumé par les parfums masculins. Nous sommes tous sur notre 31, Alix et moi en robe talons et les garçons en jean chemise. Il est presque minuit et la queue s'étend déjà tout le long du trottoir. Je remarque tout de suite le groupe de garçons éméchés devant nous et sait d'avance qu'ils ne rentreront pas. Il fait super froid et je regrette les jambes nues, déjà que ce fut un effort de remettre une robe, encore plus pour aller danser serrer contre des inconnus.

- Et au fait Iago il arrive quand ? lance Alix.

- Il ne viendra pas, répond Tao très sérieux.

Je déglutie gênée et me demande ce qu'il l'a fait changer d'avis. *Le fait que je sois là ?*
Je me pose milles et une questions, ce que je n'aurai pas forcément fais si Tao n'avait pas répondu avec cet air dramatique.
Après près d'une heure d'attente nous entrons dans la boite ou la soirée bat son plein. Nous déposons nos affaires aux vestiaires et nous dirigeons vers le bar.

Je commande un *sex on the beach* et les garçons achète une bouteille de vodka.
Une fille déchainée me bouscule et manque de renverser mon verre. Nous trouvons un coin libre, avec un canapé et une petite table déjà collante à cause de l'alcool renversé dessus.
La musique résonne dans tout le bâtiment et l'on peine à s'entendre même à un mètre de

l'autre. Je ne suis pas trop habitué à sortir en boite bien que je me sois un peu entrainée cet été, ce n'est pas vraiment mon endroit de prédilection.

Alix m'invite à danser, pour me décoincer je suppose, et je décide de me prendre au jeu. Des chansons espagnoles enflamment la piste de danse et des fesses remuent dans tous les sens. Les spots lancent leurs faisceaux lumineux à travers la salle et de temps en temps le stroboscope s'allume pour nous donner un air de robots aux gestes saccadés.

Les garçons nous rejoignent un peu plus tard et se balance sur leurs pieds, *le seul pas de danse qu'ils doivent connaitre.*

La soirée bat son plein et des gens affluent encore du hall d'entrée. La piste de danse commence à bien se remplir et nous n'avons bientôt plus assez d'espace pour respirer convenablement.

J'étouffe et décide d'aller prendre l'air sur la terrasse fumeur. L'air froid me saisit et des frissons parcourent mon corps à moitié nu. La musique s'entend encore très distinctement et les bavardages bruyants ne me laisse aucun répit.

Je décide soudain d'envoyer un message à Iago, son absence me laisse vraiment perplexe.

A Iago :

Salut, pourquoi ne pas être venu avec nous ?

Distribué à 2 :37

Alix et les gars me rejoignent aussitôt pour fumer. Je me surprends à tirer sur la cigarette électronique de Gabriel. Je suis d'ailleurs étonnée de son attitude ce soir, il est vraiment décontracté et enjoué, ça fait plaisir de le voir s'amuser. Alix, un peu alcoolisé, flirt ouvertement avec Marc qui se montre assez réceptif. Leur jeu devient presque gênant puisqu'ils ne sont pas seuls. Je consulte mon téléphone toutes les deux minutes pour ne pas rater la réponse de Iago. Malheureusement elle n'arrive jamais.

De retour sur la piste de danse l'ambiance est folle, je me déchaine au rythme de la musique avec un playback de qualité. C'est vraiment une chouette soirée et finalement je ne regrette pas d'être venu.

*

Iago

J'ai rendez-vous à midi avec Ella, dire que j'ai le trac serait un euphémisme, je n'ai rien mangé depuis que j'ai reçu son message hier après-midi, je me pose dix milles questions et n'arrive plus à me concentrer sur autre chose que son retour.

Je n'ai pas mis ma mère au courant, elle n'a pas à s'inquiéter en plus pour moi. Seul Tao sait pour Ella, je l'ai appelé directement pour le prévenir que je ne viendrai pas en boite, c'était inutile, je ne me serai pas amusé et aurai probablement gâché la fête. Il a tout de suite su que quelque chose n'allait pas et je n'ai pas pu lui cacher.

J'ai très mal dormi, m'imaginant un tas de scenario possibles et remettant tout en question, c'est pourquoi je n'ai pas répondu au message de June cette nuit. *Mes cernes sont la preuve de ces réflexions nocturnes.*

Je passe des glaçons sous mes yeux pour les faire dégonfler mais rien n'y fait.

J'ai enfilé un jean noir droit et un pull en maille beige large, ça fera l'affaire.

J'attrape mes air pod et file, j'ai un peu de métro avant d'arriver à l'adresse qu'elle m'a envoyé.

*

- Assis toi, je t'en prie, me dit-elle d'une voix paisible.

Ella m'accueille dans un petit appartement parisien, assez vieux et mal décoré.

Je tire une chaise et m'installe à la petite table à manger de la cuisine. La fenêtre est entrouverte et nous entendons la circulation en contre bas. *Pas très agréable comme environnement...*

La revoir me déstabilise complètement, depuis mon bonjour étouffé d'il y a cinq minutes je n'ai pas décroché un seul mot.

D'abord scotché par sa nouvelle coupe de cheveux, puis par la situation en elle-même. *Me retrouver face à la fille que j'ai aimé de tout mon cœur durant des années, et qui m'a abandonné du jour au lendemain sans explication, c'est juste improbable.* Je ne saurai décrire ce que je ressens tellement toutes sortes d'émotions se bousculent à l'intérieur de moi.

Je l'observe attentivement ; ses longs cheveux blonds ont laissé place à une coupe garçonne brune et ses petites oreilles ont accueillis des piercings en tous genre. *Ce n'est plus la même.* En revanche elle m'a l'air assez en forme. Son teint rosé me rappelle des souvenirs ; quand je l'observais en classe, à l'époque où c'était la seule chose que je pouvais me permettre. J'adorais quand les rayons du soleil se déposaient sur ses joues rosées parsemées de taches de rousseurs. *Elles aussi ont disparu*, peut-être sous la couche de fond de teint.

Je ne sais pas combien de temps nous restons assis face à face, à s'observer dans les moindres détails, avant qu'elle ne prenne les devant.

- Je suis désole Iago… son ton témoigne de sa culpabilité. Et le son de sa voix fait ressurgir trois ans de relations en une fraction de seconde. *J'ai l'impression de ne jamais l'avoir quitté.*

Je ne réponds rien, car je n'ai rien à répondre, alors elle continue :

- J'aimerai tout t'expliquer mais je ne sais même pas par où commencer.

- Peut-être par le jour où tu m'as laissé sans rien dire, suggérai-je assez froidement.

Son regard implore mon pardon, et je commence à comprendre que son départ doit avoir une explication, que je n'imagine certainement pas.

- Tu te souviens des crises de jalousie que j'avais envers toi ?

Comment les oublier…

- Oui…

Parfois, Ella pétait les plombs. Au début ce n'était pas grand-chose et je trouvais ça mignon. Mais ça s'était rapidement dégradé, pour n'importe quoi elle faisait une crise de jalousie. Ça me pesait car je pensais qu'elle ne me faisait pas confiance, mais j'étais sûre que ça passerai avec le temps.

- Je suis atteinte d'un trouble affectif bipolaire sévère...

Elle balance ça sans précaution, comme pour se débarrasser d'un poids qui lui pèse depuis tout ce temps.
Face à ma stupéfaction mélangée à l'incompréhension, elle m'explique :

- Quand j'étais petite j'avais ce qu'on a toujours appelé avec mes parents, des « périodes noires », du jour au lendemain mon monde basculait et tout allait horriblement mal. Je tombais dans des phases de dépression, à pleurer sans cesse, sans raison apparente, à ne plus avoir envie de rien, et à détester le monde entier.

Elle prend une pause pour respirer et certainement aussi pour réaliser qu'elle est en train de tout m'avouer.

- Au début ça a vraiment inquiété mes parents. On a vu des pédiatres et psychologues pour enfants qui m'avaient diagnostiqué un léger trouble affectif et m'avait prescrit des séances de relaxation, quelques médocs et si possible un peu de bon temps avec mes parents. Ça s'est calmé. Vers mes 10 ans ces périodes s'espaçaient de plus en plus et ne se caractérisaient plus que par des sautes d'humeurs et quelques crises d'angoisse. J'ai été tranquille jusqu'au lycée. Puis tout est réapparu, sans que je sache pourquoi.

Je prends sa main dans la mienne pour lui montrer ma compassion et mon soutien.
Ses confessions continuent dans une atmosphère blindée d'émotions et de souvenirs du passé. Quand elle me parle de ses crises quand elle était avec moi ses larmes coulent. Faisant montée les miennes à leur tour.

Ella m'explique tout, comment ses crises sont revenues, de quelle manière et à quel point c'était difficile à gérer. Ne voulant pas me montrer son côté dépressif c'était la colère qui se manifestait avec moi. Tous ces épisodes me reviennent en tête.
Je me rappelle le jour où en rentrant d'un match de foot, elle n'avait pas reconnu l'odeur de mon gel douche et avait pété un câble, étant persuadée qu'une fille s'était douchée avec moi dans les vestiaires. J'avais beau lui expliquer que j'avais oublié mon

savon et qu'un ami m'avait prêté le sien (qui était en fait celui de sa copine), Ella n'avait rien voulu entendre et avait littéralement fait une crise de nerfs, allant jusqu'à fracasser son vase contre le mur. C'est une anecdote parmi tant d'autres mais certainement celle m'ayant le plus marquée.

Elle me raconte que cet aspect de sa personnalité la bouffait complètement et devenait ingérable au quotidien.
Quand un jour, ce fut la crise de trop.

C'était pendant les vacances de printemps en terminale, elle était partie en Bretagne avec sa famille, et on ne pouvait pas se voir pendant ces deux semaines. Malheureusement j'avais cassé mon portable et ne pouvais plus lui donner de nouvelle. C'était une de ces fameuses périodes noires, ses vacances au bord de la mer ne suffisaient pas à lui remonter le moral et la coupure avec moi la chamboulait complètement, pensant encore une fois que j'étais dans les bras d'une autre. Un soir après une grosse dispute avec ses parents, elle avait tenté de se suicider.
Dans son bain, équipé d'une lame de rasoir et de beaucoup de tristesse, Ella s'était ouvert les poignets. Dieu merci sa mère l'avait trouvé à temps et les secours était vite arrivé.

C'est ce qui a tout fait basculer.
Les vacances s'étaient écourtées et Ella avait été envoyée dans un hôpital psychiatrique. Elle y a passé un an, entre les soins intensifs et la période pour se remettre sur pieds.

Elle a ensuite séjourné deux ans en Australie, chez sa grand-mère, loin de tout. Elle allait bien mieux maintenant, elle suivait un traitement adapté et voyait une psy. Malgré sa nouvelle vie en Australie, elle savait que ça ne serai pas vraiment fini et guéri tant qu'elle n'obtiendrait pas mon pardon. Elle savait qu'elle m'avait brisé et que je lui en voulais de m'avoir abandonné comme mon père l'avait fait.
C'est la raison pour laquelle nous sommes ici aujourd'hui, *réunis.*

*

June

- Toc toc toc, il est midi ! Debout la marmotte, appelle ma mère derrière la porte.

Ma chambre est encore plongée dans le noir et heureusement car je sens déjà le mal de crane monter. Je crois que j'ai un peu abusé du *sex on the beach* hier soir. J'appuie sur la télécommande et mon volet électrique se lève. Malgré la masse nuageuse dans le ciel j'ai du mal à gérer la luminosité.

Cela ne m'empêche pas de constater l'état de ma chambre, des fringues partout par terre, des trousses de maquillages éventrées sur le bureau et mes cours éparpillés sur le lit à côté de moi. J'ai déjà la flemme de tout ranger.

Ma mère vient toquer une deuxième fois et je me motive à sortir du lit.

A peine debout un tournis me prend et je suis obligé de me rassoir. *Aouch ma tête...*

- Salut tout le monde, dis-je dans ma barbe en arrivant dans la salle à manger.

- Eh bien la fête était bonne on dirait, charrie Raph la bouche pleine de pates.

D'habitude l'odeur des spaghettis bolognaise me donne l'eau à la bouche mais là elle me donne plutôt envie de vomir. Je m'assoie quand même à table et avale un doliprane.

Mon père se moque en cachette de mon état. Je constate d'ailleurs que ça s'est un peu apaisé entre mes parents.

Hier dans les magasins de déco j'ai pu discuter avec ma mère. Elle et son amie d'enfance auraient pour projet de lancer leur boutique de prêt à porter en ligne. Evidement mon père a tout de suite détester l'idée, il considère cette idée comme une perte de temps et d'argent. *Je ne suis pas très surprise.* Je ne sais pas trop où ça en est concrètement mais ça a l'air de s'être calmé, c'est le principal.

*

Je passe l'après-midi à me reposer dans ma chambre, après l'avoir rangé bien sûr. Alix a posté plein de stories d'hier soir, je les like toutes.
Je me rappelle alors que j'avais envoyé un message à Iago, encore une fois, pas de réponse. Je commence à vraiment désespérer. Peut-être a-t-il changé d'avis, ou pire, rencontré quelqu'un d'autre. Après tout il ne m'a rien promis, mais m'a quand même fait espérer un minimum. La tristesse me gagne et la fatigue amplifie mes émotions. Je pleure. *Déjà...*
Alix m'appelle à ce moment-là, j'essuie vite mes larmes et me reprend, *du moins j'essaie :*

- Hey girl ! alors ça va ? t'avais pas l'air fraiche quand on t'a déposé ce matin.

- Heu ouai... On est rentré à quelle heure déjà ?

- Je sais pas, 5 heures ? un truc comme ça.

- Oh la vache, j'ai le crane qui va exploser.

- Petite joueuse. Se moque Alix.

- Bon et toi, t'a dormi chez Marc c'est ça ?

- Ouai fin même si on n'a pas vraiment dormi,
  s'esclaffe-t-elle.

- Quoi ?! je m'étrangle, *où on-t-il trouvé
  l'énergie ?*

- Aller fait pas ta mijaurée, il me kiff, je le
  kiff, voilà, la loi de l'attraction qu'est-ce que
  tu veux ! *si seulement c'était si simple...*

- Eh beh, cool en tout cas. Mais c'est sérieux ?

- J'en sais rien, on verra bien. Mais bon ce
  n'était pas le seul but de mon appel, j'ai
  repris contact avec ma prof de danse du
  lycée, elle donne des cours près de la fac le
  lundi soir ça te tente de venir tester la
  Batchata avec moi demain ?

Oh mon dieu... de tous les sports qui existent, il fallait qu'Alix soit passionnée par la danse.

- Ouai carrément ! répondis-je feignant un enthousiasme débordant.

Quelle idée stupide, je danse comme un manche à balai, *même si ce n'est pas ça l'expression.*

*

Ça y'est, nous y sommes, je m'apprête à passer la pire heure de l'année, et à ce moment-là je ne sais pas encore à quel point j'ai raison.

Laure, la prof de danse d'Alix est une pile électrique, dans son ensemble de sport vert fluo elle illumine la salle. Nous sommes une dizaine à assister au cours, la tranche d'âge moyenne étant de 40 ans.

Alix est super contente de danser à nouveau et c'est la seule chose qui me fait apprécier ce moment. Laure lance la musique et nous montre les premiers pas. Nous formons des duos et c'est parti !

Je ne me débrouille pas si mal que ça finalement, *enfin j'ai l'impression.* Alix a un déhanché incroyable et coordonne tous ces mouvements à la perfection. La musique est entrainante et l'ambiance très conviviale. Je me surprends à passer un bon moment. La professeure de danse nous lance maintenant le défi de réaliser une mini chorégraphie avec les bases que l'on vient d'apprendre et de la présenter devant tout le monde. Nous disposons de 15 minutes.

Alix déborde d'idée et connait d'autre pas plus compliqué pour enrichir notre spectacle. Elle me les montre et je tente maladroitement de les reproduire. Et 1,2,3,4 et 5,6,7,8, CRACK !

Oh mon dieu ma cheville. Je m'écroule sur le sol gémissant de douleur. Je viens de me tordre la cheville, de me la retourner même ! Ça me fait atrocement mal. Alix est confuse et va chercher sa bouteille d'eau pour faire office de pan de glace. Ma cheville gonfle à vue d'œil et la douleur augmente en même temps. Je suis persuadé de mettre fait une belle entorse, j'en ai déjà eu une, étant petite et je reconnais la douleur.

Après être restée assise un moment nous décidons de rentrer à la maison, Marc a eu la gentillesse de venir nous chercher en voiture car je suis actuellement incapable de poser le pied par terre. Je grimpe à l'arrière et allonge ma jambe sur la banquette. Marc rit de la situation et je le tape sur l'épaule du plus fort que je peux.

*

La voiture s'arrête devant chez moi, Alix et Marc descendent en même temps et viennent m'aider à marcher jusqu'à la porte. J'entre accoudée sur mes amis et ma mère panique en me voyant arrivé comme ça. Je la rassure immédiatement.

On me dépose sur le canapé tel une rescapée, je les remercie, leur envoi un bisou de loin et ils s'en vont.

Ma mère a déjà dégainé une poche de glace, l'arnica et l'attelle. J'ai envie de pleurer, une attelle va de pair avec des béquilles. *L'angoisse pour aller en cours.*

CHAPITRE 12

PANSER LES PLAIES

Iago

Il est presque 20 heures quand je rentre enfin chez moi. Ma mère est de garde ce soir, je suis seul, comme d'habitude.

Cette journée de cours m'a paru interminable, je n'ai qu'une envie, prendre une douche et aller me coucher.

J'ai croisé June aujourd'hui mais elle ne m'a pas vu, ou alors elle a fait semblant de ne pas me voir. Ce que je comprends car je fais comme si de rien n'étais et l'ignore complètement depuis mercredi dernier. Il faut dire qu'hier était une journée forte en émotion, j'ai quitté Ella tard hier soir tellement nous avions de choses à nous dire. J'avais eu peur quand j'ai reçu son message de ressentir encore de l'amour pour elle, mais l'avoir revu et lui avoir parlé m'a permis de comprendre que non, je ne suis plus amoureux d'elle et j'ai tourné la page. Nous avons mis les choses au clair, je lui ai accorder mon pardon, nous nous sommes dit au revoir cette fois, *et pour de bon*.

Elle m'a dit qu'elle avait pour projet de retourner s'installer en Australie alors pas de risque de la recroiser.

Maintenant que ce contretemps est réglé je dois tout faire pour que June ne me déteste pas trop. Je ne sais pas comment m'y prendre pour revenir vers elle. Je voulais venir la voir ce soir après les cours mais je l'ai vu partir avec Alix alors je me suis désisté. Il faudrait que je trouve le courage de lui expliquer pourquoi j'ai été si distant, mais je crains qu'elle ne me croie pas ou pire qu'elle s'en fiche.

J'ai continué Symbiosa hier soir ; Tiago et son Autre joue au chat et à la souris, *un peu comme nous.*

*

Affalé sur le canapé devant les infos du soir, je parcours Instagram et ne peux m'empêcher d'aller voir le profil de June, ça me donne l'impression d'être en contact avec elle, *ridicule...*

Sa photo de profil est adorable, elle est assise dans un champ de fleur, le visage tourné vers le soleil. Elle est assez discrète sur les réseaux sociaux, elle ne publie que rarement des stories et ses seules publications sont des photos de paysages. J'arrête de jouer au stalker et éteint tous les écrans, la nuit porte conseil et permettra surement à mon cerveau d'assimiler les informations de ces derniers jours.

June

C'est le deuxième jour de la semaine et je suis déjà en vrac. Je me suis levée d'une humeur fracassante. Ma cheville me fait horriblement mal, je n'ai donc pas pu aller en cours.

De plus Iago ne veut pas laisser mon esprit en paix ne serai ce que deux minutes et je ne comprends pas son silence, tout cela me met en rogne. Pour couronner le tout, la pluie est incessante depuis ce matin et le frigo est vide. *Aujourd'hui il est conseillé de ne pas m'approcher à moins de cinq mètres, pour risque de contagion de mauvaises énergies.* Incapable de monter et descendre l'escalier à ma guise j'ai élu domicile dans le salon, j'ai descendu mon oreiller, mon ordi, un bouquin et le nécessaire pharmaceutique pour faire passer la douleur.

Il est 15h et je viens d'entamer la deuxième saison de ma nouvelle série, mon crane commence à me faire mal et je songe à arrêter la télé.

Alors que je commence à m'assoupir, mon téléphone vibre sur le canapé.

De Iago :

Salut, désolé de cette absence, je voudrai t'expliquer, appelle moi...

Reçu à 15 :11

Ahah mon œil que je vais t'appeler !
Je décide d'ignorer son message, s'il croit
que je suis là à attendre un signe de sa part,
même si c'est le cas, et bien il se fourre le
doigt dans l'œil ! Je n'ai jamais eu de
problème avec les garçons, j'ai réussi à
épargner mon petit cœur de leur salles pattes
pendant des années et ce n'est pas ce beau
brun qui va changer ça. Je me recouche et
sombre dans un sommeil agité.

*

Je marche en direction du bar où Alix m'a
donné rendez-vous, il fait déjà nuit à cette
heure-là et le froid du mois d'Octobre se fait
ressentir, je resserre ma veste autour de moi.
Je ne suis toujours pas à l'aise de marcher
seule la nuit. C'est alors qu'en passant sous
un lampadaire je perçois une ombre derrière
moi, le stress monte en un rien de temps et
j'accélère le pas. Je n'ose pas me retourner,
mais j'entends maintenant les pas dans mon
dos, il me suit. La rue est déserte, s'il
m'arrive quelque chose, je suis foutue. Mes
jambes tremblent de peur et dans une vaine
tentative d'accélérer je trébuche et m'étale
sur le sol. Le souffle coupé par la chute, j'ai
à peine le temps de me redresser qu'un poids

se colle à moi et des mains parcourent mon corps.
Soudain un bruit sourd attire mon attention, comme si on tambourinait à une porte.

- June t'es la ? c'est Iago. *Mon ange gardien…*

J'ouvre lentement mes yeux larmoyants, cela faisait longtemps que je n'avais plus fais de cauchemar dans ce genre. Le temps de reprendre mes esprits, c'est après quelques secondes que je réalise ce qui vient de me réveiller, Iago est à ma porte.
Je m'y rends alors le plus rapidement possible, mais à vrai dire, même une tortue m'aurait dépassé.

- J'arrive ! un instant, dis-je espérant qu'il m'entende.

Quand j'ouvre enfin la porte, Iago se trouve sur le perron, trempé. Avant même de réfléchir à la raison de sa venue je l'invite à entrer, il doit être gelé et mon empathie prend le dessus sur ma colère.
Je m'écarte pour le laisser passer et ferme la porte derrière lui. Ses cheveux dégoulinent sur son cou et lui donne un air sexy que je reconnais bien.
Un silence s'installe, et j'attends alors ses explications. *Comment sait-il où j'habite*

d'abord ? et comment a-t-il su que j'étais chez moi ?

Il n'a pas l'air bien bavard, alors je prends les devants, tout en regagnant le salon, Iago sur mes talons :

- Qu'est-ce que tu fais ici ? mon ton est plus sec que je ne l'aurai voulu, mais après tout il le mérite.

- Comment va ta cheville. *Sérieux ?*

- Elle est encore très enflée et douloureuse. Mais tu n'as pas répondu à ma question.

- Je voulais te parler. *Eh bien accouche alors !*

Je me retiens et tente d'être sympathique :

- Ok, assied toi, tu veux boire quelque chose ?

- Non merci, c'est gentil.

Je m'installe en bout de table et tire la chaise de droite pour y déposer ma jambe. Le voir assis à ma table fait bondir mon cœur de joie, mais je suis confuse et n'attend qu'une chose, des explications.

- Je t'ai déjà parlé d'Ella, mon premier amour ? s'enquit-il.

- Mh… *je ne vois pas où il veut en venir, ou peut-être que si…*

- Elle est revenue, je n'avais plus eu de ses nouvelles depuis le jour où elle est partie au lycée. *Oh mon dieu, je sens la suite arriver et mon cœur se prépare au choc.*

- Mh… c'est tout ce que j'arrive à articuler.

- Je suis allée la voir dimanche, elle devait m'expliquer ce qui s'était passé. Au début j'ai cru que ça allait tout faire remonter et j'ai tout remis en question. C'est pour ça que je ne t'ai pas répondu, je ne savais tout simplement pas quoi te dire.

- Et pourquoi tu ne me calculais plus après mercredi ?

- J'en sais rien, j'ai un peu paniqué je suppose, je n'ai jamais entretenu quelconque relation avec une fille depuis Ella. Je suis désole.

- Tu t'es remis avec, c'est ça ? *Poser cette question met bien trop en lumière ce que je ressens pour lui, mais je dois savoir.*

- Non, non, bien sûr que non, elle m'a avoué les raisons de son départ, nous nous sommes expliqués, et maintenant tout est réglé, elle repart bientôt pour Brisbane.

- Mh…*encore une réponse constructive.*

J'imagine que je n'en saurai pas plus sur leur histoire et sur ce qu'elle lui a confié, malheureusement je n'arrive pas à être soulagée de cette nouvelle. Je ne sais pas si je peux lui faire confiance et mes sentiments pour lui deviennent trop dangereux, *pour moi…*

Ma cheville me lance, j'ai besoin d'un doliprane. Me voyant essayer de me lever Iago intervient :

- Reste-la, qu'est-ce que tu veux, je vais aller te le chercher ?

- Un doliprane s'il te plait, sur la petite table et un verre d'eau, dans le placard dans la cuisine en haut à gauche.

Il fait oui de la tête et part chercher le comprimé. Arrivé dans la cuisine il a déjà oublié mes indications pour trouver un verre.

J'ai envie de le laisser galérer, je trouve ça drôle, mais si je veux prendre mon doliprane avant demain il va falloir que je l'aide. Je me lève maladroitement de ma chaise et me dirige vers lui sans mes béquilles. Je pénètre dans la cuisine mais me prend le pied dans le tapis et manque de tomber. Iago me rattrape et m'aide à me stabiliser. Je me retrouve en face de lui, bien trop proche pour que ma respiration garde un rythme décent. Je prends appuie sur ses avant-bras et profite de cette proximité qui me réchauffe le cœur. Je ne sais pas combien de temps nous restons là, moi la tête baissé et lui m'observant probablement de sa hauteur.

Je romps l'instant avant qu'il ne devienne gênant et tend le bras vers le placard pour en sortir un verre. Je suis maintenant dos à lui, face au plan de travail, mais malgré nos corps qui se touchent, il ne recule pas. Il fait de plus en plus chaud dans la cuisine et mon pou bat à toute vitesse, *est ce que je lui fais le même effet ? je crains que non.*

Alors pourquoi ne bouge-t-il pas ? Je me retourne enfin et le taquine en brandissant le verre tant convoité. Je remarque à son expression qu'il est aussi troublé que moi par notre proximité, sa mâchoire est contractée et ses yeux verts transpercent les miens. Je suis décontenancée, comme toujours lorsqu'il soutient mon regard de cette manière.

- Et puis merde les bouquins, gronde Iago avant de saisir ma mâchoire et de plaquer ses lèvres sur les miennes.

Je dépose le verre à tâtons sur le plan de travail qui me permet de ne pas tomber à la renverse et glisse mes mains dans ses cheveux encore humides. Notre baiser est sensuel, et passionné. Il traduit le désir qu'il éprouve pour moi et je lui rends la pareille. Appuyé sur le meuble derrière moi, ses bras encadrent mon corps, me maintenant prisonnière.
Nos bouches avides l'une de l'autre font augmenter la tension entre nous et le désir plane dans l'atmosphère.
Iago me saisit sous les cuisses et m'assoie sur le meuble, *il aime visiblement cette technique, et moi aussi.* J'enroule mes jambes autour de lui en oubliant l'attelle autour de ma cheville. Il appuie son torse contre ma poitrine et je suis folle de ce contact. Je m'agrippe à ses bras dénudés et balance la tête en arrière pour reprendre mon souffle.

Iago

Elle dévoile sa nuque que je rêve d'embrasser et je sens son excitation monter. Cet effet qu'elle a sur moi me laisse bouche bée, je ne suis pas du genre sauvage, *je sais me contenir*, mais la sentir si près de moi plusieurs secondes d'affiler m'a fait chavirer. Son corps m'appelle et je réponds aussitôt. En toute délicatesse, pour ne pas la brusquer comme l'autre fois, je dépose de doux baisers sur son cou et glisse ma main sous son sweat. Sa peau est si douce, c'est à m'en faire perdre la tête.

Je la sens frissonner à mon contact et la savoir réceptive m'excite davantage. Je continu de la couvrir de baiser en caressant son dos creusé.

Cette douce torture dure trop longtemps, je ne pourrai plus tenir, *je la veux*. Soudain comme si nos esprits communiquaient elle redresse la tête et ses iris noisette me réclame. *Elle en a autant envie que moi, j'en suis sûr.* Je pourrai lui faire l'amour sur ce plan de travail mais ce n'est pas ce que je veux pour notre première fois. Soudain je me demande si elle l'a déjà fait, mais je n'ose pas interrompre cet instant de plaisir pour lui poser la question.

June

Agrippée à lui comme une huitre à son rocher Iago traverse le salon avant de me déposer lentement sur le canapé. *Nous y sommes, je crois, le moment fatidique.*

En appui sur ses bras au-dessus de mon corps, Iago laisse une distance entre nous que je peine à supporter. Quelques mèches de cheveux tombent de son crâne et son excitation se lit sur ses traits, son visage est parfait et je mourrais pour que cet instant dure toujours.

Je sens dans son regard qu'il me sonde, et je ne sais pas qu'elle réponse lui donner. Je n'ai jamais rien fais, avec personne, même pas les préliminaires dont j'ai tant entendu parler. Apparemment elles offrent bien plus de plaisir certaines fois que l'acte en lui-même.

Nos baisers reprennent de plus belles et son corps se colle au mien, je sens la chaleur qui émane de lui, même à travers ses vêtements. C'est dingue la tension sexuelle qui règne entre nous alors que nous sommes toujours habillés. Dans un élan de courage j'hôte mon sweat et je laisse tomber par terre, dévoilant à cet inconnu, *ou presque*, ma poitrine galbée dans un soutien-gorge noir on-ne-peut-plus-simple.

Je sens son érection contre ma jambe pour toute réponse. Je ne sais pas par quelle magie mais je n'ai absolument pas peur qu'il me voit nue, avec Iago je me sens confiante, du moins sur ce plan-là.

Ses lèvres chaudes et humides viennent embrasser mes seins rebondis et ma respiration s'emballe. Ma non-expérience rend chacun de ses gestes délicieux et c'est un nouveau monde qui semble m'ouvrir ses portes.

Iago s'arrête un instant et chuchote :

- Tu l'as déjà fait ?

Je secoue timidement la tête et ajoute :

- Non, rien du tout.

- Rien, rien ?

Cette nouvelle semble le réjouir, comme si j'étais encore plus précieuse maintenant qu'il sait que ce corps n'a jamais été touché *(avec consentement en tout cas)*, cette pensée m'attriste.

Soudain la tête de Iago descend vers mon ventre et son souffle chaud me donne des frissons, il ne me touche même pas qu'il me rend déjà folle. Je tente une deuxième prise d'initiative et tire sur son tee-shirt pour le lui enlever, il se redresse et lève les bras pour m'aider. Je lis sur son visage que mon audace lui plait. Il n'y a que dans ces moments sensuels qu'il devient expressif.

Iago

Elle n'a jamais rien fait, avec personne. Je n'en reviens pas. Comment une beauté pareille a-t-elle réussie à se préserver durant toutes ces années durant lesquelles les garçons sont de réels bêtes en rut.
Quand je dépose des baisers sur son ventre je sens l'odeur de monoï qui s'évapore de sa peau, qui au passage est aussi douce que du velours. *June me rend fou.* Encore plus maintenant que je sais qu'elle n'a aucune expérience et donc que je ne ferai rien de plus que des préliminaires avant longtemps. J'ai cédé à mes pulsions mais je veux garder ça pour plus tard, je veux que sa première fois soit exceptionnelle et surtout, *avec moi.* Pour une fille sans expérience elle me parait confiante et à l'aise. Je suis désormais torse nu au-dessus d'elle, dont la poitrine généreuse s'offre à moi. Ses lèvres me manquent déjà, je remonte vers son visage et lui mordille la bouche, je sens sa langue lécher délicatement ma lèvre inférieure, et ça me donne la chair de poule. Nos langues s'entremêlent bientôt dans une danse

frénétique qui témoigne de notre envie réciproque de s'unir. J'ai toujours peur de la faire fuir et de mal m'y prendre, alors je guette attentivement son visage quand je dirige ma main vers la ceinture de son legging.

Ses yeux sont fermés et sa respiration saccadée, je ne sais pas ce que ça veut dire et cela m'effraie. Je mets en suspens ma descente et par précaution lui demande si elle veut que j'arrête.

Elle secoue la tête et accompagne ma main, *ouf*...

Je m'immisce bientôt sous le tissue de son pantalon et atteint son intimité. Même au-dessus de la culotte je la sens prête. Je suis tellement excité que mon entrejambe me fait mal. Je lève les yeux vers elle, et observe sa réaction, je glisse un doigt sous son sous-vêtement et son dos se cambre à cet instant. Je dépose en même temps des bisous sur sa nuque et sa clavicule, pendant qu'elle me caresse les cheveux, j'en veut tellement plus mais je vais devoir être patient.

June

Je pensais que le sentir à cet endroit précis allait faire remonter de terribles images, pourtant c'est tout le contraire, son contact déclenche une avalanche de sensations dans mon corps et il n'a encore rien fait. Il est lent et prudent, j'apprécie autant que ça me torture. Je n'ai jamais connu un tel désir pour quelqu'un. Après mon assentiment Iago glisse ses doigts en moi et c'est une explosion de saveurs. Il me caresse et fait des vas et vient d'une manière délicate et sensuelle qui me fait mouiller en rien de temps. Je veux lui rendre la pareille, mais ne sais pas comment m'y prendre. Cet instant semble durer une éternité, il chatouille et joue avec mon sexe, ce qui me fait gémir. C'est un plaisir si nouveau qu'il n'en n'est que plus appréciable. Je sens quelque chose monté en moi, je pense tout de suite à l'orgasme mais je repense à mes amies qui m'ont toujours dit qu'elles peinaient souvent à l'atteindre, ce ne peux pas être ça, *pas après si peu.*

Je panique un peu à l'idée que mon corps lâche un liquide visqueux sur les doigts de Iago, je saisi alors son poignet et le fait remonter jusqu'à moi, me privant de cette douce torture. Pour qu'il ne s'inquiète pas d'avoir mal fait, je l'embrasse fougueusement et lui demande qu'il me montre comment lui procurer du plaisir. Je suis surprise de la facilité avec laquelle les mots sortent de ma bouche pour une telle question. Pour toute réponse Iago saisi mes hanches et me fait m'assoir à califourchon sur lui, je crains la suite. Je ne sais pas vraiment si je suis prête à passer à l'acte. Comme s'il lisait dans mes pensées il souffle :

- T'inquiète on a le temps, ce n'est pas pour aujourd'hui.

Il y aura un demain alors ?

Assise sur lui je sens son érection contre mon entrejambe, maintenant hypersensible au moindre contact.

- Déboutonne mon jean, dit-il.

Son ton autoritaire ne me dérange pas du tout, je suis comme une enfant à qui l'on explique une leçon, *ce n'est pas la meilleure image mais tant pis.* J'exécute. Il nous soulève légèrement de l'assise de canapé pour descendre son pantalon sur ses cuisses, *j'ai maintenant peur de ce que je vais voir.* Contrairement à ce que je pensais Iago ne sors pas son sexe de son boxer mais retire doucement mon legging. Je l'aide dans sa démarche et le descend jusqu'à mes chevilles, l'attelle m'empêchant de le retirer complétement. Me voilà maintenant tout à fait en sous-vêtement. Il saisit mes hanches et me positionne sur lui, les jambes de part et d'autre de sa taille. Il dépose des baisers dans mon cou et je fais de même :

- Frotte-toi, souffle-t-il.

J'applique ces indications et commence un lent va et vient en surface. Nos parties intimes se frôlent, toujours couvertes de tissus, c'est pourtant exquis. Iago balance sa tête sur le haut du canapé et son souffle s'accélère, *moi aussi je lui fais de l'effet.*
Je décide de me rapprocher et nous sommes maintenant collé l'un à l'autre, haletant de désir.
Je continu mes mouvements de bassins et le sens dur contre moi, je n'en reviens pas de la sensation malgré les sous-vêtements. Mes copines n'ont pas dû avoir de chance car moi je suis déjà en extase alors que nous sommes encore habillés, *ou presque.*
Ses mains larges et chaudes agrippent mes poignets d'amour que je déteste tant d'habitude et il accompagne chacun de mes mouvements, parfois appuyant un peu plus sur son sexe. Nos regards se croisent pour ne plus se lâcher. Nos yeux se disent tellement de chose à cet instant que nos bouches sont incapables de prononcer. Mon rythme cardiaque n'a jamais été aussi rapide, *j'en suis sure.* Je crains de m'écrouler de bonheur. Je l'embrasse avec toute la passion que j'éprouve pour ce début d'homme,

encadrant son visage de mes mains et les va et viens cessent. Il saisit mon visage à son tour et dépose un baiser si délicat que je ne le sens presque pas sur mon front :

- Tu es parfaite, ajout-il.

CHAPITRE 13

UN FLEUVE PERSQUE TRANQUILLE

June

03 :09, c'est l'heure qu'indique mon téléphone quand je le regarde pour la vingtième fois de la soirée. Je n'arrive pas à trouver le sommeil c'est insupportable. Je gigote dans tous les sens et j'ai maintenant trop chaud pour être à l'aise. J'envoie valser la couette et fais l'étoile de mer m'obligeant à respirer calmement. Des images de cette après-midi ne cessent d'occuper mon esprit, je ne me remets pas de notre petit câlin sur le canapé. C'était tellement nouveau et parfait. Je dois avouer qu'avoir arrêter subitement fut une réelle torture, maintenant que je connais ce que signifie le mot désir. Je sais que Iago me respecte et veut se rattraper c'est pour ça qu'il n'est pas aller plus loin. Toutes ces pensées torrides ne m'aident pas à m'endormir. Je décide alors de lancer une série au hasard sur Netflix pour me bercer.

*

Le réveil sonne déjà, j'ai l'impression d'avoir dormi un quart d'heure… Cette journée risque d'être longue. Encore ensommeillée je me dirige vers la salle de bain afin de me préparer pour la fac.

La vision de mon corps nu dans le miroir fait remonter des souvenirs tout frais et très excitants, même le matin au réveil. Je chasse ces drôles de pensées de ma tête et enfile ma tenue du jour. Un jean noir très simple et un pull gris en grosse maille, j'attache mes cheveux en queue de cheval et met un peu de mascara, ça ira pour aujourd'hui.

A peine arrivée en bas des escaliers j'entends mes parents se brouiller dans la cuisine tentant d'être le plus discret possible.

- Et si ça ne marche pas ? crache mon père a voix basse.

- C'est ça que tu veux en fait, que ça ne marche pas pour que tu puisses me prouver que tu avais raison, c'est ça qui te ferai plaisir ?

Je déteste entendre mes parents se disputer, j'ai beau être une adulte, *ou presque,* c'est quelque chose que je ne supporte pas. Je veux couper court à cette dispute, je laisse alors mes clefs tomber par terre. Cela fonctionne à merveille :

- Oh ma chérie tu es debout ? réagit ma mère.

- Oui j'ai cours a 8 :15.

- Est-ce que tu veux que je t'emmène, propose mon père, je passe par là.

J'accepte d'un hochement de tête et enfile mes chaussures.
L'ambiance dans la voiture est assez tendue, je ne parle pas, trop fatiguée pour faire la conversation pour deux. Malheureusement les bouchons parisiens font durer le trajet.

- Comment va ta cheville ? lance mon père pour combler le silence.

- Ça va, je prends des dolipranes et je garde mon attelle toute la journée.

Il hoche la tête et le blanc fait son retour, mon père déteste la radio ce qui rend l'ambiance encore plus pesante. Soudain mon téléphone vibre dans la poche de mon manteau.

<u>De Iago :</u>

Coucou tu commences à quelle heure ?

Reçu à 7 :47

<u>À Iago :</u>

Salut, dans 20 min pk ?

Distribué à 7 :47

<u>De Iago :</u>

Ok je t'attends devant l'entrée principale

Reçu à 7 :48

Cette simple nouvelle me réjouit.
Voulant partager ma bonne humeur soudaine, je connecte mon téléphone à la voiture et lance ma playlist « good vibes ». Mon père semble se détendre lui aussi à l'entendre chantonner des airs espagnols.

Iago

Je commence à me les gelé à l'attendre dehors, *heureusement que c'est elle…* Et justement quand on parle du loup, je vois June descendre de sa voiture au loin. A sa vue mon cœur s'emballe d'une manière que je ne lui connais pas et cela me perturbe. Je ne sais pas pourquoi mais je baisse la tête sur mon téléphone faignant de ne pas l'avoir vu.

- Coucou, lance telle une fois à ma hauteur, elle semble de très bonne humeur. *Elle me fait clairement fondre.*

Elle a relevé ses cheveux ondulés en une queue de cheval et j'adore ! Ça dégage sa nuque que j'ai maintenant envie de dévorer.

Je me force à cesser de l'admirer comme un con et me penche vers elle pour lui déposer un bisou sur le front, je ne sais pas comment m'y prendre, *sommes-nous un couple ? puis-je l'embrasser en public ?* Je préfère donc prendre des précautions. En tout cas ce petit bisou ne semble pas la déranger puisqu'elle me rend un grand sourire sincère.

Je lui prends son sac à main et nous discutons de banalités en se dirigeant vers le hall d'entrée.

Une fois à l'intérieur June me dit devoir aller en cours et s'en va en me faisant coucou de loin. *Elle est vraiment adorable. Je deviens complètement in love, je ne sais pas encore si ça me plait.*

June

Le cours de psychologie cognitive commence mais je n'écoute absolument rien. Si j'avais pu fondre d'amour ce matin je l'aurais fait lorsqu'il a déposé ses lèvres sur mon front. *Je deviens complètement in love, et je ne sais pas encore si c'est bon signe.*

Monsieur Meusant déblatère son cours à toute vitesse, mes doigts ne pianotent pas assez vite pour saisir toutes les informations, bien qu'elles soient très intéressantes. Alix arrive avec presque 20 minutes de retard et vient s'asseoir à côté de moi. Pour une fois nous ne bavardons pas et restons très attentive au contenu du cours.

Le professeur annonce la fin du cours et toute la population se précipite hors de l'amphithéâtre. Comme à mon habitude j'attends que la vague passe pour quitter mon siège.

-   Café clope ? propose Alix une fois dans les couloirs.

-   Café tout court pour moi.

Nous nous dirigeons vers la cafétaria quand quelqu'un visiblement en retard me bouscule violemment. Mon équilibre très précaire ne m'évite évidemment pas la chute. Ma béquille me faisant trébucher. Alix tente de me rattraper tout en insultant de tous les noms l'imbécile qui est déjà loin.

- Ça va aller mademoiselle, me questionne monsieur David en m'aidant à me relever. *Putain mais qu'est-ce qu'il fou là encore ?*

Je me libère rapidement de ses bras, reprenant appui sur mes cannes de grand-mère, et lui lance un regard noir.

- Oui oui ça va aller merci, lance très sèchement Alix, invitant monsieur pervers à s'en aller rapidement.

Ce type me dégoute et je ne sais pas quoi faire pour que son petit manège cesse. J'ai à peine le temps de réfléchir à une potentielle option que mon téléphone vibre dans ma poche.

Vous avez reçu un message de : Fabien David
« Vous devriez vous montrez plus aimable envers vos enseignants mademoiselle Bazé, ce serai dommage qu'ils vous prennent en grippe… »

QUOI ?! Je crois halluciner devant la notification. Est-ce qu'il est en train de me menacer, ou de me faire du chantage. Peu importe comment l'on doit qualifier ce message, c'est inadmissible. Je le montre directement à Alix et doit la retenir d'aller lui casser la gueule. Je pense qu'il faut la jouer plus fine, plus intelligente. Ce type est encore là à enseigner, c'est qu'il sait s'y prendre et a une méthode qu'il lui permet de racoler des jeunes filles sans en subir les conséquences, si ce n'est un coup de poing d'un adolescent révolté.

Alix et moi décidons d'aller nous poser à la cafeteria avant d'entamer quelconque discussion à ce sujet.
Après quelque gorgés du café amer de la machine je décide de raconter à Alix ce que Tao m'a dit à propos d'Alma, la sœur de Iago. Il se pourrait que la rumeur soit vraie, et j'en suis de plus en plus sûre.

- Parle en à Iago, s'il sait des choses ça pourrait nous aider, suggère Alix.

Mais je refuse de lui parler de ça, il devinera que Tao m'en a parlé et je ne veux pas créer d'histoires. Non, j'attendrai qu'il m'en parle de lui-même.
La pause se déroule dans une ambiance très particulière, nous ruminons toute les deux sur cette histoire et visiblement aucune solution miracle ne pointe le bout de son nez.

C'est alors qu'Alix me quitte pour aller rejoindre Marc sur l'esplanade, je lui jette un regard accusateur et elle me promet de tout me raconter bientôt. Je suis sure qu'ils vont finir ensemble.

Boire mon café toute seule face à la vitre me déprime soudainement, je préfère aller me plonger dans mes devoirs à la bibliothèque à l'abri des regards.
J'arrive dans mon entre et file directement à ma table, *oui je me la suis appropriée désormais*. Le cours de psychologie cognitive est très complexe et il me faut une bonne heure pour reprendre et compléter mes notes. C'est alors qu'un garçon que je commence à voir assez régulièrement se pointe.

- J'étais sûr que je te trouverai là, souligne Iago.

Je lui souris et l'invite à ma table. Il pousse mes affaires sans aucune gêne, s'assois à côté de moi et pose sa tête dans ses bras.

- Fatigué ?

- Crevé, j'ai lu ton histoire cucu toute la nuit…

- Ce n'est pas cucu ! et si tu l'as lu toute la nuit c'est qu'elle te plait, rétorquai-je.

- Ouai, elle est cool, répond-t-il en fermant les yeux.

Je l'observe s'assoupir, il a l'air si paisible. Des mèches trop longues tombent sur son visage et caches bientôt ses yeux. Je décide de ne pas le bousculer et continu de travailler. Nous restons la pendant peut être trente minutes, moi à taper sur mon ordi et Iago à rattraper son manque de sommeil évident. *C'est donc à ça que ça ressemble d'avoir un copain ? est-ce que Iago est mon copain ?*
Je souri bêtement à cette réflexion.
Je profite de cet instant qui n'a pourtant rien d'exceptionnel, je suis juste près de lui mais cette simple présence me suffit.

- Merde je me suis endormi ! sursaute Iago après sa demi-heure de sieste.
Je ris face à ce réveil si brusque.

- T'aurai pu me réveiller ! dit-il en faisant semblant de me le reprocher.

Encore ensommeillé il passe sa main dans sa chevelure épaisse, baille un grand coup et se lève.

- Il faut que j'y aille j'ai du taf.

Il dépose un bisou sur ma joue et s'en va.

- A toute, le saluai-je.

Je le regarde quitter la bibliothèque et me remet au travail. C'est alors que ma boite mail s'ouvre sur l'écran de mon ordinateur avec un nouveau message. C'est Cake 'N Cup, monsieur Carter m'annonce que je suis prise pour le job et qu'il a hâte que j'intègre son équipe. Je me retiens de bondir de joie. Il me propose de passer à la boutique dès que j'ai le temps pour signer le contrat. Je consulte mon téléphone, ça fait plus de deux heures que je suis assise ici, j'ai bien le droit à une petite pause. De toute façon mon prochain cours est à 17h.
Sur le trajet pour la pâtisserie j'appelle Emmy et lui annonce la bonne nouvelle, elle est aussi ravie que moi, *voire plus*. Le bus est presque vide ce qui me surprend au début, mais c'est assez agréable de pouvoir s'asseoir sans subir l'odeur de transpiration du voisin.

*

- Bonjour, vous êtes mademoiselle Bazé ? m'interroge une jeune femme brune, *mais pas la même que la dernière fois*, lorsque j'entre dans la boutique.

- Oui je viens pour… je n'ai pas le temps de finir ma phrase qu'elle me coupe de son enthousiasme débordant.

- Oui j'appelle monsieur Carter tout de suite, asseyez-vous, mettez-vous à l'aise, au fait moi c'est Candice, je suis nouvelle.

Waouh, c'est un accueil dynamique !
Je suis ses indications et m'installe dans le même canapé que la dernière fois. La pâtisserie est peu fréquentée à cette heure-ci, ce qui rend l'ambiance tout autre que lors de ma première visite.
C'est alors que monsieur Carter sort de l'arrière-boutique, encore une fois vêtu d'un costume. Il n'a d'ailleurs pas changé d'air, aimable mais impressionnant en même temps. Il m'invite à le suivre dans son bureau afin de convenir des modalités du contrat.
Je m'installe et écoute attentivement ce qu'il a me dire. Le job est simple ; je serai en caisse pour prendre les commandes et servir les clients. Je devrai apprendre un minimum la composition des pâtisseries afin de pouvoir renseigner qui que ce soit. Monsieur Carter me propose pour commencer un contrat à temps partiel de 12 heures par semaine à étaler selon ma convenance. Je

devrais donner mes disponibilité un mois à l'avance à chaque fois. Ce premier boulot me parait idéal, d'autant plus que les horaires sont flexibles et adaptables. Je suis très motivée et signe en bas de la page sans prendre vraiment le temps de la lire en détails. Le patron me sort ma tenue de travail ; un tee-shirt manches courtes bleu ciel, le même que la devanture, accompagné d'un demi-tablier blanc sur lequel le nom de la marque apparait. Il me fait part de quelques consignes supplémentaire, du style : cheveux attachés, utilisation de pince pour saisir les pâtisseries, politesse et sourire obligatoire, *le B-A-BA ai-je envie de dire…*
Une fois les formalités terminées monsieur Carter me présente à l'équipe, *ma foi assez minime*. Cette boutique est la plus petite de Paris ce qui explique les 5 employés qui y travaillent. Candice et moi sommes donc les deux nouvelles caissières, Maxime est le pâtissier et Nicolas le boulanger, il y a aussi Astrid la responsable de la boutique qui gère l'administratif, les livraisons et tout le côté relou. Monsieur Carter ne vient que très rarement sur place à part pour le recrutement. Une fois les présentations faites, chacun retourne à ses occupations et les clients arrivent. Je consulte ma montre, 16 heures, l'heure du gouter pour beaucoup. Je m'apprête à quitter la boutique lorsque Candice m'appelle, c'est alors que contre

toute attente elle engage la discussion. Tout y passe, mon nom, mes études, mes passions, j'ai l'impression de passer un deuxième entretien d'embauche. Je trouve ça étrange mais je me force à me détendre et à considérer ce geste comme sympathique et avenant. Nous restons tout de même un certain temps à discuter, Candice servant les clients en même temps. J'essaie de partir à plusieurs reprises pour la laisser travailler en paix, or elle me pose de nouvelles questions à chaque tentative de fuite de ma part. Malheureusement pour moi la vague de gourmands passe en quinze minutes et je me retrouve vraiment seule avec elle.

- Tu veux une boisson, une pâtisserie ? me propose alors Candice.

Je jette un coup d'œil à l'heure et réalise que le prochain bus ne passe que dans 10 minutes, j'ai le temps de prendre un casse-croute. J'accepte alors de prendre un milkshake avec ma nouvelle collègue. Après tout il vaut mieux sympathiser rapidement si je veux travailler dans une ambiance agréable. Nous nous asseyons à une petite table sur la terrasse malgré la température relativement basse.
Candice allume sa cigarette et entame encore une fois la discussion. Je l'écoute me raconter sa vie en dégustant mon milkshake

fraise banane vraiment délicieux, *je ne pourrai que vendre les mérites de la boutique !* Candice est en première année de prépa art, elle habite Paris même, dans un petit appartement « merdique », elle vit seul et n'a plus de famille. Je pense n'avoir jamais fait connaissance aussi rapidement avec quelqu'un. Cela dit je la trouve de plus en plus sympathique, c'est vrai que son assaut de question m'a d'abord perturbé mais elle a l'air de nature très jovial et ça doit faire partie du package. Ma personnalité observatrice ne manque pas de noter qu'elle a le physique parfait pour étudier l'art, les cheveux brun coupe garçonne, des piercings à tout va et les fameuses Dock Martins noire à plateforme, *oh et j'allais oublier* le trait d'eyeliner. Bien que cette pause soit agréable je dois la quitter pour ne pas manquer le bus.

*

Iago

Le film a commencé depuis seulement une demi-heure que ma mère s'est déjà endormie. J'éteins la télé et la guide vers sa chambre. Complètement dans les vapes elle manque de se prendre le mur du couloir au moins trois fois.

Ahhh, qu'est-ce que ça fait du bien d'être dans son lit ! Cette semaine m'a bien fatigué. Le bureau des élèves me demande de plus en plus d'investissement, mon blog me prend tout mon temps libre, et le projet de dernière année me préoccupe davantage. Je dois penser, écrire et réaliser un reportage de A à Z, seul ou en binôme, (sujet libre). C'est un projet sur l'année mais nous sommes déjà mi-octobre et je n'ai rien ! pas une idée. *Pourquoi ? parce que la seule chose qui occupe jour et nuit mes pensées c'est elle. June.*

Ça en devient presque une obsession et je me fais flipper moi-même. Pour ne pas arranger les choses je décide de reprendre la lecture de « Symbiosa » ; Tiago est malin et a déjà des doutes sur le programme auquel toute sa génération été affectée, programme visant à reconstruire des liens sociaux (surtout amoureux) entre les jeunes. Il a réussi à approcher son Autre, *la personne que le programme lui a attribuée en tant que potentielle « âme sœur ».* J'ai hâte de savoir la suite et me replonge dans le livre préféré de celle qui m'obsède.

*

Ma mère travaille toute la journée comme la plupart des samedis. Mais cette fois être seul

à l'appart me déprime un peu. J'ai alors appelé Tao et Gab, on se rejoint dans une heure pour un foot en salle. Je crois que j'ai besoin de me défouler.
Le gymnase n'est pas très loin de chez moi, en quinze minutes de bus j'y suis.

Bondé comme d'habitude, je dois rester debout tout le trajet adossé à la barre centrale. Je déteste les transports en commun, *quel comble quand on habite à Paris sans permis*. Je mets mes écouteurs, la musique à fond et défile les nouvelles publications d'Instagram. Nouvel arrêt, nouvelle vague de passagers qui monte, et je n'échappe pas aux bousculades. Or une retient mon attention, penché sur mon téléphone je ne vois qu'en périphérie mais malgré tout, je crois reconnaitre la fille qui vient de me bousculer pour se frayer un chemin. Je me retourne aussitôt pour la voir mais à peine ai-je repéré le haut de sa tête dans la foule, qu'elle descend et les portes se ferment. Le monde cache les fenêtres en face de moi et je n'ai plus du tout de visibilité sur l'extérieur. J'ai certainement halluciné, Ella est partie pour Brisbane l'autre jour, elle m'a envoyé un message à l'aéroport. Je dois me reprendre, *après tout ce ne dois pas être la seule fille de paris aux cheveux courts.*

CHAPITRE 14

COMMENT SE TISSENT LES LIENS

June

Mon week-end commence vraiment mal. Hier soir après avoir évidemment raté mon dernier cours de la journée à cause des bavardages de Candice, je me suis endormie dans le train et ai loupé mon arrêt. J'ai dû rentrer à pied de la gare, ne connaissant même pas le chemin. Et pour rendre cette promenade plus sympathique, la pluie avait décidé de se joindre à moi. Résultat, je suis rentrée à pas d'heure, trempée de la tête aux pieds et avec une humeur de chien en prime. Ce matin, ça ne va pas vraiment mieux. Iago ne m'a pas envoyé de message, et je ne sais pas pourquoi mais ça m'agace. De plus, j'ai rendez-vous à 10 heures chez le kiné pour commencer des exercices de rééducations, *ça ne m'emballe pas des masses...*

Je descends prendre mon petit déjeuner emmitouflée dans mon plaid. Les températures ont largement baissé ces derniers jours.

Raph et Noah se goinfrent de céréales devant You Tube et ma mère est déjà derrière les fourneaux. Je salue tout ce petit monde et grignote quelques biscuits, histoire de ne pas avoir le ventre vide. Ma mère me fait remarquer que je n'ai pas grand appétit en ce moment, et je dois bien avouer ne pas comprendre pourquoi. Je mets une éternité à me motiver, à aller m'habiller, préférant trainer sur les réseaux sociaux. Je tombe d'ailleurs sur la stories de Gab, il est avec Tao et Iago en train de faire un foot en salle. Je souris comme une idiote lorsque Iago apparait à l'écran. Même dégoulinant de sueur et rouge tomate, je le trouve beau. Ma réaction m'horripile, je verrouille mon téléphone et vais me préparer.

*

Cela fait presque trente minutes que je poirote dans cette salle d'attente moisie. La tapisserie sur les murs sent le vieux, les chaises en bois mises à la disposition des patients manquent de craquer à tout instant et le plafonnier éclaire la pièce d'une lumière jaunâtre timide qui rend l'endroit encore plus vieillot. *Je vous avais prévenu quant à mon humeur…*
Mon père m'a déposé mais je dois rentrer en transports, il avait match de tennis avec ses amis, *bien plus important que de soutenir sa fille dans cet instant de galère…* J'exagère un peu, mais la fatigue me rend encore plus sensible.

La porte du cabinet s'ouvre enfin, une vieille dame assez maigre en sort et salue le docteur. C'est enfin à moi. Le kiné m'a tout l'air d'un prof de philo, petit et rond, il porte un pantalon marron en velours côtelé absolument ignoble et dieu merci, je ne peux pas voir ce qu'il porte en haut, caché par sa blouse blanche.

Il commence à manipuler ma cheville avec une douceur insoupçonnée, et me fais faire quelques exercices simples mais efficaces. C'est alors que je reçois un appel. *De Iago !* J'en perds mes bonnes manières et décroche sans prévenir le loukoum qui s'occupe de moi. Iago sort du foot et me propose de manger ensemble ce midi. Je suis ravie de cette invitation et accepte sans hésiter. Nous nous donnons rendez-vous à 13 :00 dans une brasserie qu'il aime bien.

*

Je me prépare pour aller manger avec Iago en face time avec Emmy. Ses cours se passent bien, même si cela lui demande au moins dix fois plus d'investissements que ce qu'elle devait fournir au lycée. Ses nouveaux potes sont très cools et l'aide à décompresser après ses semaines chargées.

Elle me manque vraiment beaucoup et avec mes horaires de fac, je devrais faire l'effort d'aller la voir à Lyon. Nous discutons de choses et d'autres pendant que je bataille avec ma garde-robe. Je dois trouver une tenue adaptée à la météo pourrie mais jolie à la fois, *sans vouloir paraitre pessimiste, ça me parait impossible !* J'opte finalement pour un jean noir droit, un pull en maille bleu ciel, le tout accompagné de ma paire de converse blanche haute et de ma veste en moumoute noire, *rien d'exceptionnel vous me direz...* Je laisse mes cheveux détachés et maquille simplement mes paupières avec un fard irisé qui s'accorde parfaitement à mes yeux noisette d'après Emmy. Je suis enfin prête à partir. Je raccroche et me sauve. Ma mère n'a pas fini de râler, parce que je ne mange pas ce qu'elle s'est tuée à préparer, que j'ai déjà claqué la porte.

*

Je sors enfin de la bouche de métro bondée dans laquelle personne n'a eu la bonté de me laisser un peu d'espace pour manœuvrer avec mes béquilles. L'atmosphère humide et froide de novembre me saisit et j'ai hâte d'être au resto. Je rentre l'adresse de la brasserie dans mon téléphone et arrive rapidement à destination. Iago est déjà là, devant l'entrée. Il a l'air d'avoir froid lui aussi. Un sourire se dessine sur mon visage sans ma permission et je m'empourpre lorsqu'il me le rend. C'est alors qu'un flot de questions submergent mon esprit, *que suis-je censé faire ? L'embrasser ?* Mon corps avance tout seul à sa rencontre alors que mon cerveau tente de trouver une solution rapidement. Mais malheureusement ma cheville handicapée ne suffit pas à me faire gagner assez de temps, j'arrive à sa hauteur sans savoir quoi faire.

-Salut, tentai-je maladroitement.

-Salut, dit-il en souriant.

Je suis alors très mal à l'aise et ne sais absolument pas comment me comporter. Iago ne semble pas tenir rigueur des formalités et m'invite à entrer. *Ouf...* J'espère tout de même qu'il ne prend pas ça pour de l'indécision.

Nous nous installons à une table près de la fenêtre. J'apprécie l'endroit, c'est chaleureux et de l'intérieur, on oublie l'agitation parisienne. Iago est toujours aussi séduisant, il porte un pull gris clair on ne peut plus simple et ses cheveux fraichement lavés ont un volume exceptionnel. Je tente de reporter ma concentration sur la carte des menus plutôt que sur l'individu assis en face de moi, *tâche complexe je vous l'accorde.*

- Alors tu as choisi ? lance-t-il subitement.

- Euh… bégayai-je, s'il n'avait pas remarqué mon côté indécis, il va vite le découvrir.

Il sourit et je rougis. Je me force à prendre une décision en moins de deux heures et commande une escalope milanaise avec des tagliatelles. Iago se réjouit de déguster un pavé de saumon et un wok de légumes. Je n'aurai jamais pensé qu'il mangeait sainement, bien qu'a regardé son corps d'athlète cette information coule de source.
Nous passons un déjeuner vraiment agréable, j'en apprends davantage sur lui et sa vie, bien que je remarque qu'il n'évoque sa sœur qu'à de rares moments. Je ne l'interroge pas plus à ce sujet, craignant de gâcher le moment. Nous rions beaucoup et je surprends mon cœur battre plus vite lorsqu'il rit à gorge déployée.
Iago me parle de son amitié avec Tao, il le considère vraiment comme un frère et le voir parler de quelqu'un qu'il aime me donne envie de faire partie de ces gens-là. C'est un garçon au grand cœur je n'en doute plus désormais.

Iago

Je réalise à peine ce qui est en train de se passer. Je suis assis en face d'une fille exceptionnelle en train de partager un déjeuner tout en apprenant à se connaitre de la plus simple des manières. Ça fait tant de bien.

J'ai beaucoup parlé et lui laisse maintenant la parole. Je remarque qu'elle glisse une mèche derrière son oreille à chaque fois qu'elle s'apprête à dire quelque chose. C'est un tic adorable. Elle me parle de son ancienne vie, de sa campagne qu'elle aime tant, de sa grand-mère aussi et de son mas provençal. Elle donne beaucoup de détails futiles mais je m'applique à tous les retenir. Chaque morceau de sa vie m'intéresse. Emmy est très importante pour elle et je la comprends. Je suis ravie de partager les mêmes valeurs qu'elle. June accorde beaucoup d'importance à la famille et aux amis, l'essentiel selon moi.

Je l'écoute attentivement mais remarque que son assiette ne descend pas bien vite. Je me demande si ce rendez-vous la stresse ou si elle ne mange pas beaucoup en général. J'ai déjà englouti tout mon plat alors qu'il lui reste encore la presque totalité de son escalope et un bon tiers de ses pâtes.

Le temps passe à une vitesse folle en sa compagnie et c'est déjà l'heure d'y aller, June commence à 15 heures dans le salon de thé où elle a été prise. Je l'accompagne en bus, *ça serait vachement plus cool si j'avais une voiture et le permis !*

June

Je dois être à mon poste dans précisément 2 minutes, j'enfile mon tee-shirt ainsi que mon tablier, relève rapidement mes cheveux en un chignon assez approximatif et cours me poster derrière le comptoir. Je n'ai même pas le temps de débriefer intérieurement sur mon repas avec Iago que Candice est déjà en train de me faire la causette. Cela m'agace car pour mon premier jour j'aimerai rester concentrée sur les indications que l'on m'a données.

En ce samedi après-midi pluvieux, la boutique ne désemplie pas. Les clients se succèdent et je suis formée au métier en un rien de temps. J'apprécie vraiment le contact avec les clients, la plupart du temps, très sympathiques.

- Je vous prendrai un cupcake poire chocolat, et un muffin au spéculoos, m'annonce une petite grand-mère très chic, oh et deux smoothies à la vanille aussi !

Je lui prépare sa commande le sourire aux lèvres, *très important*, et ma bonne humeur semble lui donner de plus en plus faim car elle rajoute à sa demande un sachet de madeleine à emporter ainsi que deux éclairs aux cafés aussi à emporter.

-   J'adore votre boutique, souligne-t-elle, bien qu'elle n'aurait pas eu besoin de préciser.

Nous discutons de banalités pendant que j'emballe tous ces mets délicieux, et elle me glisse un billet de 5 euros dans la main accompagné d'un sourire complice. À peine une journée ici, que j'ai déjà ma cliente préférée et je suis sûre qu'elle reviendra souvent.

*

Fatiguée de ma première après-midi de travail, je passe la soirée affalée dans le canapé à regarder une comédie romantique avec ma mère. Qui comme à son habitude s'est déjà endormie avant le début.
Iago sort avec les gars et Alix est probablement dans une soirée étudiante en

plein Paris à l'heure qu'il est. Mon samedi soir me déprime un peu mais je travaille demain de 8 heures à 14h alors je n'ai rien de mieux à faire qu'aller me coucher et surtout ne pas aller voir les stories Instagram des jeunes fêtards.

J'applique un peu de pommade sur ma cheville, fais les quelques exercices que m'a conseillé le loukoum de ce matin et me glisse sous ma couette. Quand des images de Iago viennent perturber mon début d'endormissement. Je ne peux m'empêcher de penser à lui, ça en devient très flippant. Et cela m'énerve davantage car je sais qu'il ne pense absolument pas à moi, trop occupé à profiter avec ses potes. Je décide de mettre fin à cette journée en me remémorant l'agréable déjeuner que j'ai passé avec lui ce midi. Et sur cette note, je m'assoupie.

Iago

04 :56, putain…

-   Les gars on devrait peut-être rentrés, non ? lançai-je à Tao et Gab affalés sur le canapé d'en face.

Ne me demandez pas où je suis, je n'en n'ai absolument aucune idée. De base, on devait rejoindre des copains à Tao au bar, puis je ne sais pas trop, on a un peu bu, d'autres mecs sont arrivés, on a fait un autre bar, puis j'en sais rien… Ce que je sais c'est que cet appartement ressemble plus à un squat qu'autre chose et que l'odeur ambiante pourrait rameuter tous les flics de Paris en moins de temps qu'il n'en faut pour rouler un joint. Ce n'est pas trop mon genre les soirées foireuses comme ça, mais ce soir je me suis laissé aller. Probablement trop dans mes pensées pour analyser et réfléchir à la situation, avant de suivre les deux guignols qui me servent de potes dans leur bourbier. L'ambiance est retombée depuis déjà quelques temps, il ne reste plus que quelques cadavres dans la cuisine, deux mecs défoncés sur le balcon et nous trois. Tao et Gab sont trop loin dans leur monde pour nous ramener sain et sauf chez l'un d'entre nous. C'est donc à moi de ramener l'équipe au bercail.

- Allez debout bande de trou du cul ! criai-je sur les gars, accompagnée d'une tape sur l'épaule.

- Eh mec, relax on est bien là, me répond Tao complétement dans les vapes.

Je sens que le retour ne va pas être une mince affaire, mais je n'ai pas le choix. Je ne les laisserai pas ici, d'autant plus que je n'ai aucune idée d'où nous sommes.

Pour combler le tout mon téléphone n'a presque plus de batterie. Etant sûr qu'ils n'ont pas assez d'énergie pour s'enfuir en cinq minutes, je pars à la recherche d'un chargeur et d'une prise dans les chambres de l'appartement. Une fois dans le couloir principal, je réalise qu'il est vraiment très grand et que les habitants gâchent tout son potentiel avec leur bordel. J'entre dans une première piaule et ne suis pas étonné d'y trouver deux personnes en pleine action, je referme aussitôt la porte. La deuxième chambre est devenue un bar à chicha et la fumée me dissuade d'y rentrer. C'est finalement, après avoir ouvert toutes les portes qui se trouvaient sur mon passage, que j'atterris dans ce qui semble être un bureau / dressing/ entrepôt/ garage et y trouve par miracle un chargeur. Je branche mon téléphone à la multiprise qui pend du bureau, et essai de trouver un moyen de rentrer. Visiblement, nous sommes plus près de chez Gab, en quelques stations de métro nous serons rentrés. C'est alors que j'entends de l'agitation dans le salon. De grosses voix masculines résonnent et mon instinct me dit que ça sent très mauvais. Je sors du bureau et regagne la pièce principale, à pas de loup, guettant le moindre indice. Et ce que j'aperçois au bout du couloir à vrai dire ne me surprends pas du tout. Deux officiers de police se tiennent dans l'encadrement de la porte d'entrée. Des voisins auraient appelé pour tapage nocturne et suspicions de consommations de produit illicites. *On est dans la merde…* Moi en théorie je n'ai ni bu ni fumée quoique ce soit, *mais les gars eux…*

*

- Imbécile ! Crit ma mère avec un fort accent mexicain qui apparait généralement quand elle s'énerve. Puis elle me claque la tête à plusieurs reprises. Puis c'est au tour de Gab et Tao, une claque sur le crâne chacun. Le jour s'est levé quand nous sortons du poste de police.

June

- Moi je te dis que je ne la sens pas cette fille, les nanas trop sympas il faut s'en méfier comme de la peste, voire plus !

- Arrête, tu exagères, tu es juste jalouse que je me sois fait une autre copine au style rock, dis-je en rigolant pour la taquiner. Emmy est une vraie amie et je sais qu'elle veut simplement me protéger, mais je suis sûre qu'elle se fait des films à propos de Candice.

Elle est peut-être extravertie et vite proche des gens qu'elle rencontre, mais je suis sûre qu'elle n'est pas bien méchante.
Je décide de raccrocher avant que ma mère ne vienne me chopper par la peau des fesses. J'arrive enfin à table, où je retrouve ma famille assise en silence. Je sais alors que quelque chose ne va pas. Mes frères ne parlent pas de jeux vidéo, *ils ne parlent pas du tout en fait*, mon père ne consulte pas ses mails et ma mère n'a rien dans son assiette.

- Il faut qu'on parle, annonce alors mon père, l'air dépité.

J'aimerai bien vous dire que je n'ai aucune idée de ce qui va suivre, or je le sais… J'attends juste qu'ils l'annoncent officiellement, bien qu'encore une fois mon instinct les ai devancés.

Iago

On est mardi soir et je n'en peux déjà plus. J'ai de plus en plus de travail, de moins en moins de temps pour écrire sur mon blog ni pour aller faire du sport. En à peine deux jours, j'ai du passé dix heures à la bibliothèque pour avancer sur mon projet de reportage. J'aimerai aussi pouvoir être plus présent pour June, histoire qu'elle ne me range pas tout de suite dans la case du mec qui t'appelle quand il a cinq minutes et t'ignore la semaine suivante. C'est pourquoi, j'anticipe et lui écris un message en sortant de la fac.

A June :

Salut, début de semaine compliqué j'ai du travail par-dessus la tête, mais je pense à toi, bisous ;)

Distribué à 21 :14

June

Ma mère affiche son air désemparé, et se décharge visiblement de nous annoncer la nouvelle. En effet c'est mon père qui se lance :

- Votre mère et moi nous nous séparons, ce n'est certainement pas définitif, mais nous avons besoin de temps, balance-t-il sans précautions. La rage monte en moi à cet instant précis, je m'attendais à leur séparation mais mes frères peuvent être épargnés et il n'a pas eu la délicatesse d'amener le sujet en douceur. Noah reste bouche bée et ne semble pas comprendre, Raph semble plus déçu que surpris et arbore une mine plutôt agacée.

- C'est qui qui a décidé ? demande alors Raph.

- Mon chéri c'est une décision réfléchie et prise à deux, il n'y a personne à blâmer, réagit tout de suite ma mère. Mais sa réponse n'a pas l'effet escompté et Raph s'emporte davantage.

- Arrête de le couvrir à chaque fois, tu ne vas pas dans son sens alors il claque la porte, il ne te laisse même pas la chance de réaliser ton rêve sans te le reprocher, tu sais quoi papa t'es qu'un putain d'égoïste !

Moi qui pensais que mon petit frère n'écoutait et ne voyait rien de la vie de famille, sa réflexion m'éclate à la figure, je ne l'ai pas vu grandir, il est finalement bien plus réfléchi et mature que je ne voulais bien le croire. Si son analyse sur la situation m'impressionne, elle déplait fortement à mon père qui ni une ni deux se lève et brandit sa main sur Raph. Et voilà, une seconde suffit pour que tout dérape. La gifle résonne dans la pièce, Raph fond en larmes et court dans sa chambre. Ma mère ne hurle pas, elle qui déteste pourtant la violence. Elle assassine mon père du regard et quitte la table. Je suis spectatrice de la scène qui se déroule sous mes yeux, et je n'ai même pas réalisé que mes larmes coulent déjà. J'ai surtout de la peine pour Noah qui n'a pas été épargné, et voit sa famille s'écrouler en une soirée.

*

Il est déjà minuit, je ne parviens pas à trouver le sommeil, je n'arrive pas vraiment à réfléchir de manière constructive, tout ce que je sais c'est que cette annonce me brise le cœur. J'ai le sentiment que ce déménagement à Paris est en majeur partie responsable de la séparation de mes parents. Ils auraient su gérer les choses différemment si l'on était resté dans notre campagne. Je décide de me changer les idées et prend mon téléphone, c'est alors que mon cœur manque un battement quand je vois le message que j'ai reçu. Iago m'a écrit ! Depuis samedi midi, nous n'avons échangé que quelques banalités. Je ne l'ai même pas croisé sur le campus. Il est très occupé par ses cours et j'apprécie sa prévenance. Je lui réponds :

A Iago :

Bon courage pour tes cours, on se voit dès que possible, bonne nuit…

Distribué à 00 :34

*

Nous sommes déjà vendredi, cette semaine m'a paru rapide mais épuisante, autant physiquement qu'émotionnellement. Ma cheville se rétablie un peu plus chaque jour, et les séances chez le kiné y sont pour quelque chose, je dois bien l'avouer. En revanche, mon appétit diminue considérablement ses derniers temps et cela m'affaibli assez. *Surement la contrariété…* Mon père est parti le lendemain soir de la maison. Une valise l'attendait en bas des escaliers, digne d'une scène de film, Raph n'a toujours pas digéré la gifle et n'est même pas descendu lui dire au revoir. Moi, trop partagée entre la tristesse et la colère, je n'ai pas su comment réagir, j'ai alors pris mon père dans les bras mais aucun mot n'est sorti de ma bouche. Le pire fut Noah, 12 ans c'est encore jeune, il s'est effondré dans les bras de ma mère quand la porte s'est refermée après son départ. Ce fut une soirée très particulière et assez difficile. D'où mon épuisement émotionnel, je tente d'être là pour ma mère, qui même si elle ne l'avoue pas, est minée par la situation. J'essaie aussi de rassurer mon plus jeune frère qui n'y comprends rien, *tout ça en gardant moi-même la face.* Heureusement, Iago me change les idées, j'ai déjeuné avec lui hier midi, c'était très agréable, on a beaucoup discuté mais je n'ai pas évoqué la séparation de mes parents. On ne s'est pas réembrassés depuis la dernière fois, *oui je suis aussi déçue que vous croyez-moi…*

La voix grave de monsieur Drequau me sort alors de mes réflexions, ce cours d'histoire de la psychologie m'ennuie particulièrement, encore plus quand Alix n'est pas là. Il me reste encore deux heures de statistiques avec monsieur Cassidy avant que ma journée se termine enfin. Je tente de me concentrer sur le cours tant bien que mal quand mon téléphone affiche une nouvelle notification, tout échappatoire est bon à prendre. C'est un message privé Instagram, mais je ne reconnais pas le pseudo. J'ouvre alors le profil de mon interlocuteur et réalise que c'est Candice qui vient de me contacter. Toutes ses photos sont incroyables, toutes prises en Australie à en croire la description, la mer, le surf, les cocktails, les soirées, son compte laisse croire à une vie de rêve. Mais là n'est pas la question, je retourne sur notre discussion et lis le message :

De C.majouri09

Coucou ma belle, je fête mon anniv ce soir et tu es invitée ! j'espère que je ne m'y prends pas trop tard, mais c'était assez dur de trouver ton profil ahah. Ça se passe 9 rue de monceau dans 8eme, j'espère à tout à l'heure, CHAO !

Son enthousiasme se ressent à travers ses messages. Je suis trop contente, cette soirée tombe à pic ! Je vais rencontrer des nouvelles têtes, faire la fête, oublier… Cette après-midi va me sembler encore plus longue. J'envoie un message à Alix pour lui proposer de m'accompagner, j'avoue que ça me rassurerait.

De Alix :

Sorry girl, soirée en tête à tête avec Marc, mais t'inquiètes, tu vas t'éclater !

Reçu à 14 :54

Bon je suis un peu déçue, mais c'est un défi que je veux relever, ça ne doit pas être si terrible que ça, d'arriver toute seule à une soirée où l'on ne connait personne… *si j'avoue, dis comme ça, ça a l'air horrible !* Le téléphone du prof sonne, annonçant la libération, j'en profite pour prendre une petite pause-café'. La machine fait encore des siennes, ça me met les nerfs en pelote !

-   Allez !! rends-moi ma monnaie ! je frappe contre la vitre mais rien n'y fait mon sachet de madeleine reste coincé… ARGH !!!!

-   Besoin d'aide ? je reconnais cette voix et j'en suis navré, monsieur David se tient à ma droite, prêt à me secourir du distributeur mangeur de pièces.

-   Non merci, ça ira… dis-je sans quitter la machine des yeux, puis je lui tourne le dos et m'en vais. Ce type me répugne.

Iago

Trois heures déjà que je suis assis sur cette chaise à rédiger mon compte rendu pour mon cours de communication. Je décide de prendre une pause et me dirige vers la cafeteria. J'aperçois June qui en sort, visiblement en rogne.

- Hey, l'interrompais-je dans sa course, ça va ?

- Oh salut, dit-elle surprise, ouai ouai juste un peu sur les nerfs, *elle me cache quelque chose j'en suis sure…*

- Un café ? lui proposai-je pour la détendre.

- Cette foutue machine ne fonctionne qu'une fois sur deux mais tu peux toujours essayer, *elle est froide je me demande ce qui a pu la tracasser.*

- Bonne journée mademoiselle Bazé, salue mon ennemi numéro un en sortant de la salle, *je crois rêver…*

- C'est quoi cette histoire June ? mon ton est un peu plus agressif que souhaité, mais je sens qu'il y a un problème. Il continu de te harceler ?!

- Ouai plus au moins, *c'est quoi cette réponse sérieux...*

- Tu m'expliques, insistai-je...

- J'ai cours mais promis on en reparle, elle dépose un baiser sur ma joue, ce qui j'avoue m'attendri un instant et me laisse planté là. Je hais ce mec et rêve de lui en coller une, *une énième en fait...*

June

Il est déjà 20 :30, j'ai bientôt fini de me préparer pour l'anniversaire de Candice. Je n'ai pas reparlé à Iago depuis l'épisode de la cafétéria, mais j'avoue ne pas avoir envie d'en reparler, je sais qu'il péterait un plomb et je ne veux pas lui apporter de problème. Je règlerai ça moi-même. Ma mère me presse pour partir, elle me dépose à la soirée en voiture, *je n'ai pas eu le choix*, elle refuse que je prenne les transports seules, *les joies d'être une fille partie jenesaispascombien...* J'enfile mon long manteau noir, une paire de bottes à talons et me voilà enfin prête. Un mélange de stress et d'excitation fait rage en moi, heureusement maman fait la discussion sur le trajet et ça me détend.

- Stop, c'est là !

Ma mère enclenche les warnings, et je descends.

- Bisous maman je t'aime !

*

J'arrive au troisième étage et trouve tout de suite le lieu de la fête, c'est facile, la porte est ouverte et la musique résonne depuis l'intérieur. Je rentre prudemment, et découvre une pièce bondée de monde. C'est visiblement très parisien les fêtes à 150 personnes ! *L'enfer pour trouver Candice.* Je me faufile à travers la foule, et tombe par hasard sur elle.

- Hey !! tu es venue trop génial ! s'exclame-t-elle.

- Ouai, ça va me faire du bien de sortir et voir du monde…

- Oula tu ne m'as pas l'air en forme, mais t'as de la chance j'ai un remède à tous les maux ! lâche-t-elle en brandissant devant moi une bouteille de vodka, *déjà bien entamée…*

Mon intuition me dit de ne pas toucher à un seul verre d'alcool, mais pour une fois, je décide de ranger la voie de la sagesse au placard et me sert un verre.

La fête bat son plein, les gens s'agitent de tous les côtés, la musique fait trembler les murs, *j'adore !* J'ai rencontré des filles dont je ne me souviens déjà plus les prénoms, mais peu importe, elles sont de formidables danseuses. Je me trémousse sur la piste et elles m'acclament, m'incitant à en faire plus. Je ne sais pas quelle mouche m'a piquée mais ma timidité semble s'être noyée dans mon verre de vodka, laissant place à mon grain de folie. Cela fait bien longtemps que je ne m'étais pas autant amusée. Candice me tire du dancefloor pour me présenter à un ami. Dante, un mètre quatre-vingts, cheveux blonds bouclés, musclé, et… très pâle. Je ne le trouve pas forcément à mon goût mais il a l'air sympathique. Je discute avec lui, du moins je tente de suivre une conversation malgré le bruit assourdissant.

- Quoi ?! hurlai-je à son oreille, *je n'entends rien à ce qu'il me raconte.*

- Ça te dirait d'aller parler au calme ! dit-il.

Oula vite fuyons, ça sent l'entourloupe ! J'ai peut-être décidé de lâcher prise ce soir, mais n'abusons pas... Je trouve une excuse toute faite, et prend congés.

*

- Shot ! shot ! shot !

Décidemment je suis nulle à ce jeu, *lequel déjà ?*
Je respecte le gage et descend d'une traite le verre que l'on me tend. Le liquide me brûle la gorge avant d'atteindre mon estomac, essentiellement rempli d'alcool à l'heure qu'il est. Honnêtement, je ne sais plus à combien de verres j'en suis et je m'en fiche. La partie continue, le mec à côté de moi perd, il boit. Et ainsi de suite. Les bouteilles se vident à vue d'œil, les gens marchent de moins en moins droit et la pièce devient de plus en plus flou. *Merde...*

Iago

Vous êtes sur le répondeur de June laissez un message *putain !*

C'est au moins le troisième appel, et elle ne répond pas. Je ne sais pas pourquoi mais je sens que quelque chose cloche, June ne met jamais bien longtemps à répondre à mes messages et encore moins à mes appels. Marc m'a rapporté qu'elle était à un anniversaire ce soir, c'est pour ça que je m'inquiète autant. Je n'ai pas un très bon souvenir de la fin de sa dernière soirée… Si j'avais l'adresse j'aurais été capable de débarquer sur le champ.
J'essaie de me faire une raison, de ne pas m'inquiéter pour rien, et tente de m'endormir.

tzut… tzut…

Cette simple vibration parvient à me réveiller en un rien de temps, je prie intérieurement pour que ce soit elle. *Ouf…* J'ouvre le message et… *tombe de dix étages…* j'ai du mal à croire ce que je vois. Une vidéo de June, ou du moins de ce qui ressemble à June en train d'embrasser (très

langoureusement) un mec, apparait sur mon écran. Elle s'y donne à cœur joie et lui semble prendre son pied. J'ai envie de vomir. La vidéo est suivie d'une photo, June avachie dans les bras de ce mec assis dans un canapé. *La fête à l'air bonne...*
Comment est-ce qu'elle peut faire ça ? J'en fais certainement une montagne alors qu'on n'est même pas vraiment ensemble, mais une chose est sûre, si ça commence comme ça c'est que ça doit s'arrêter maintenant.
Je me demande malgré tout qui a bien pu filmer la scène et déduire que j'étais la personne à qui envoyer cette vidéo, *ou pas...*
Je suis tenté de lui écrire, ou de l'appeler pour lui hurler dessus, mais on m'a toujours dit que le silence était le meilleur des mépris. Alors même si ça me brise le cœur, ou du moins tous les espoirs que j'avais fondé en cette potentielle relation saine et stable, je prends la décision qui s'impose. Je bloque son numéro, ainsi que son profil sur les réseaux sociaux. *Je ne veux plus entendre parler d'elle.*

***

June

Aie ma tête…

J'ouvre difficilement les yeux et tente de comprendre où je suis. Il fait trop sombre dans la pièce, je cherche alors mon téléphone. Je tâtonne le sol et tombe enfin sur ce qui semble être un portable. Je l'allume et le fond d'écran me montre alors que je n'en suis pas la propriétaire. *Merde…* je serai bien tentée de me lever pour le chercher mais mon mal de crâne laisse présager une certaine difficulté à me mouvoir. Je me rallonge sur le dos et respire un instant. Mais quelque chose respire plus fort que moi. *Oh non, non, non… ne me dites pas qu'il y a quelqu'un à côté de moi dans ce lit.*

Je choppe le téléphone et éclaire sans retenu mon voisin. Le blond. *Oh putain…* Je tente de me remémorer ces dernières heures. Il est quelle heure d'ailleurs ??

12 : 59

Je panique. Ma mère doit être folle d'inquiétude. Il faut absolument que je rentre chez moi. Enfin, il faut d'abord que je sorte de cette piaule, trouve mon téléphone, mon manteau, soit certaine qu'il ne s'est rien passé avec cet individu et après je pourrai rentrer.

Après deux tentatives, je réussis à me mettre debout, traverser la pièce avec un équilibre incertain et à ouvrir la porte. *Bonne chose de faite !* Je me déteste, *qu'est ce qui m'a pris de me mettre dans un tel état, entourée d'inconnus qui plus est...*

Le jour m'agresse quand j'ouvre la porte, mais pas plus que le bordel qu'est devenu l'appartement. Je traverse prudemment le couloir, jonché de bouteilles, de vêtements, et de gobelets, et atterris dans le salon, où ce qu'il en reste. *Note à moi-même, ne jamais organiser de fête à la maison.* Il n'y a pas un bruit dans la pièce, trois personnes dorment dans des positions assez inconfortables sur le canapé, un mec est avachi sur le bar de la cuisine, un vrai foutoir.

J'enjambe les déchets qui gisent au sol et atteint la cuisine. *Un verre d'eau pour commencer...*

C'est alors que je trouve mon portable posé sur une boite à pizza, *logique !*

Dieu merci, il n'est pas déchargé. Je retiens mon souffle avant de découvrir les milliers d'appels manqués de ma mère et ses potentielles menaces de mort si je ne rentre pas dans la seconde qui suit. Alors oui, il y a de ça, mais ce qui me surprends le plus ce sont les trois appels en absence de Iago, à respectivement minuit, minuit et demi et deux heures du matin… Je me demande bien ce qu'il a voulu me dire. A moins qu'il ait eut un problème. Soudain, mon cerveau semble se réveiller, c'est sûr, il lui est arrivé quelque chose. Je le rappelle sur le champ.

bip, bip, bip et ça raccroche. Étrange. Je réessaie. La même chose. On dirait qu'il m'a… BLOQUE ! *oh purée !* Mais je n'ai pas le temps de m'interroger sur ce revirement de situation que ma mère m'appelle. Je décroche avec crainte :

- June putain !!! *ouille...* Mais qu'est-ce que tu fou, il est presque une heure et demie de l'après-midi, je n'ai pas le temps de répondre qu'elle enchaine ; tu rentres à la maison immédiatement, et tu n'en ressortiras plus jamais ça tu peux me croire. Elle raccroche. *Et bien c'est une bonne journée qui commence !*

PARTIE 2

June

Il est deux heures passées quand je rentre enfin à la maison, et l'accueil n'est pas chaleureux. Ma mère me sermonne, je m'excuse et file dans ma chambre. Je ne prends pas le temps de me déshabiller, ni d'aller prendre une douche, j'ai une affaire plus urgente à régler, Iago !

Je ne comprends pas pourquoi m'a-t-il soudainement bloqué, je rembobine le film d'hier soir et ne me souviens pas une seule seconde de m'être disputé avec lui de quelconque manière. En revanche, je me souviens avoir ingurgiter plus d'alcool que de raison, ce qui me fait peut-être omettre certains détails de la soirée. J'ouvre alors la page de discussion avec Iago, et tombe des nues… Je lui aurais apparemment envoyé une vidéo de MOI EN TRAIN D'EMBRASSER DANTE ?! *c'est impossible, impossible !* Comment ai-je pu ? Je ne m'en souviens même pas… Une photo de moi dans ses bras lui a aussi été envoyée, même si j'ai eu la pire idée hier soir, je ne lui aurai jamais fait ça. Le narguer délibérément, le rendre jaloux, et au passage trahir sa confiance, j'étais peut-être bourrée mais pas cruelle. Je ne lui ai jamais envoyé ces images, j'en suis certaine. Mais qui ? Qui a pu me filmer et avoir eu la vicieuse idée de le montrer à Iago ? ça n'a aucun sens. Personne ne connait notre relation, et encore moins parmi les gens présents hier, car ils ne me connaissaient même pas… Mon cerveau risque d'exploser si je ne fais pas une pause dans ces réflexions… qui pour l'instant ne me mène nulle part.

*

Je prends une douche purifiante, je dirais même salvatrice. Je dois tout de même me presser, car je commence à 16 : 30 au salon de thé. J'espère que Candice travaille cette après-midi, elle pourrait certainement m'éclairer sur la soirée d'hier, si son taux d'alcool était inférieur au mien, *ce dont je doute fortement.*

J'avale une tranche de pain de mie couverte de fromage frais et m'en vais travailler.

- Bonjour June, me salue Astrid, la responsable de la boutique, la soirée était bonne ? *oh merde ça se voit tant que ça ?* J'ai pourtant maquillé mon visage plus qu'à l'accoutumé.

- Bonjour, heu oui… dis-je un peu gênée.

- Ok, aujourd'hui on a une grosse commande pour une soirée événement nyx cosmétique. Ils nous ont commandé trois plateaux de mignardises pour ce soir, quelqu'un de chez eux viendra récupérer le colis en fin de journée. Je vous ai laissé les trois boites dans le frigo de réserve dans le labo pâtisserie, il ne vous restera plus qu'à encaisser la commande et faire signer le bon de reçu, tout est clair ? enchaine-t-elle un peu trop rapidement pour mon cerveau encore un peu embué de la veille.

- Ok c'est noté, me contentai-je de dire.

- Très bien je vous laisse pour aujourd'hui, Candice ne devrait pas tarder, je repasse pour fermer ce soir. J'ai à peine le temps d'assimiler l'information qu'elle n'est déjà plus là.

Je suis bel et bien seule dans la boutique, j'espère que Candice arrive d'une minute à l'autre.

cling la porte de la boutique s'ouvre, ma cliente préférée est là !
Aujourd'hui, elle reste raisonnable et ne prend que deux muffins à emporter, je remarque d'ailleurs sa mine triste, qui ne lui ressemble pas. Je ne m'aventure pas dans quelconques interrogations et la regarde partir.

Il est déjà 16 :50, je crains que Candice ne se soit pas encore remise de la soirée, je pense à l'appeler mais me souviens alors que je n'ai même pas son numéro de portable.

Iago

J'ai passé une nuit affreuse, me passant en boucle les images de June et de ce garçon. *Je sais c'est ridicule de me torturer tout seul...* Marc m'a proposé une après-midi jeux vidéo mais j'ai refusé, prétextant un tas de devoir à rattraper, ce qui n'est pas vraiment faux. Mais aujourd'hui, je n'ai envie de rien, même avancer sur mon reportage ne me motive pas à me lever de mon lit.

C'est alors que la seule personne à pouvoir me redonner le sourire décide de m'appeler, comme si elle savait que j'en avais besoin. Entendre sa voix à travers le téléphone, quel soulagement, *j'ai l'impression que cela fait une éternité !*

- holà hermano ! me salue Alma enjouée.

- hey, qu'est-ce que ça me fait plaisir de t'entendre sœurette ! surtout quand je sais qu'elle y laisse sa paye journalière pour passer cet appel.

- como estas ? s'enquit-elle de me demander.

On passe presque 10 minutes au téléphone. Tonton va certainement la priver de la ligne pendant les six prochains mois pour avoir exploser le temps d'appel, mais on en avait bien besoin tous les deux. Le Mexique lui plaît vraiment, elle gagne son argent, s'est fait des amis, une nouvelle vie, mais maman et moi lui manquons beaucoup. Je sais que revenir à Paris lui demanderait un grand effort, mais au fond de moi je ne cesse d'espérer qu'un jour elle m'annonce son retour.

June

6 :30, le réveil est dur, j'ai travaillé toute l'après-midi au salon de thé hier, et ai dû finir des devoirs impératifs pour cette semaine, résultat ; couchée à une heure du mat… Aujourd'hui le temps est accordé à mon humeur, gris et maussade… Je tente de ne pas penser à Iago, ni au fait qu'il m'ait bloqué, et encore moins à l'énigme qui se cache derrière tout ça, mais tout cela me tracasse. *Euphémisme, ça retourne mon cerveau !* Au fond, j'espère croiser Iago sur le campus, pour aller lui parler, même si je ne sais pas si j'en aurai le courage si l'occasion se présentait. Je n'ai rien raconté de vendredi soir ni à Emmy, ni à Alix, et je devrais peut-être y songer, elles sont souvent de bons conseils.

***

J'arrive en avance au cours de psychologie cognitive, les portes de l'amphithéâtre sont fermées. Je profite de ce petit temps de répit pour envoyer un appel à l'aide à Emmy.

A Emmy :

Coucou, bon c'est la merde... à l'anniversaire de Candice j'ai embrassé un gars, moche en plus, on m'a filmé, Iago a vu, je ne sais pas qui a fait ça, il m'a bloqué... help !

Distribué à 8 :23

Sa réponse m'arrive presque instantanément :

De Emmy :

Heu j'ai raté un épisode ? je t'appelle ce soir, essaie de voir Iago et parle lui !

Reçu à 8 :24

Alix et Marc débarquent à cet instant, main dans la main, j'en déduis que c'est officiel entre eux. Ils ont le sourire jusqu'aux oreilles, mais ils tombent mal je suis allergique à l'amour aujourd'hui.

- Et beh t'as l'air en forme ça fait plaisir, nargue Marc.

Alix lui ordonne de se taire à coup de coude dans le flan. Signe visiblement efficace puisqu'il s'écarte pour saluer un ami.

- C'est quoi cette tronche sérieux, m'interroge Alix.

Et c'est le moment que choisi ma conscience pour faire remonter à la surface les évènements de ce week-end. Je m'effondre, honteuse et profondément triste d'avoir perdu le seul garçon qui ne m'a jamais intéressé.

Je vois le prof arriver au bout du couloir, j'essuie rapidement mes larmes et me ressaisis. Je promets à Alix de tout lui expliquer à la pause.

*

Le soleil ne semble pas décidé à se lever aujourd'hui, nous passons alors la pause dans la cafétéria, en buvant un chocolat chaud, *et oui miracle la machine fonctionne !*
Je raconte tout à Alix, dans les moindres détails. Son hypothèse sur le paparazzi improvisé : une ex de Iago. Mais sa théorie ne tient qu'à moitié debout, comment cette fille saurait-elle qui je suis ? On a beau retourner le sujet dans tous les sens, nous

n'avons aucune idée de qui a bien pu vouloir me nuire.

- En tout cas June, il faut absolument que tu mettes la main sur Iago et que tu lui expliques, conclue Alix.

- Ça va être compliqué, intervient Marc qui nous a rejoint à l'improviste.

Je l'interroge du regard.

- Il est parti pour trois semaines de stages, minimum, dans une maison d'édition.

Malheureusement Marc n'a pas l'air d'en savoir beaucoup plus et nous quitte pour aller s'intoxiquer les poumons. Je suis encore plus désespérée qu'en arrivant ce matin, je ne sais pas où est Iago, ni dans combien de temps il remettra les pieds sur le campus…

Iago

C'est mon premier jour chez JNÉdition. C'est le meilleur ami d'enfance de mon père qui tient cette boite. Il a toujours été là pour nous quand mon père est parti, mais inconsciemment je lui en voulais, *de ne pas l'avoir retenu*. Ça fait des années qu'il me propose toutes sortes de stages, de job dans sa boite, auxquels je n'ai jamais donné de réponses favorables, jusqu'à maintenant. Ce choix est en partie à cause de June, je dois l'admettre.

Si je veux passer à autre chose, je ne dois plus la voir, c'est la règle numéro un.

Puis ça peut jouer en ma faveur dans mon cv d'avoir effectué un stage en entreprise, disons que c'était le moment. Jonathan fut très surpris de mon appel, surtout en plein dimanche après-midi, mais il n'a pas hésité une seconde et me voilà. J'ai eu de la chance l'administration a été très rapide pour préparer la convention, dans mon cursus on peut effectuer des stages à tout moment de l'année, à condition de valider ses partiels.

Nous sommes jeudi, il est neuf heures pétantes et je suis au pied de l'immeuble moderne, quartier de la défense.

Je pénètre dans un hall d'entrée absolument gigantesque, épuré et blanc... Une hôtesse aux formes généreuses m'accueille chaleureusement, elle m'indique l'étage auquel je dois me rendre, me remet un badge, avec mon nom, mon prénom et un code d'accès au bâtiment.

L'ascenseur s'ouvre sur un open space bien plus chaleureux que le rez-de- chaussée.

La journée vient à peine de commencer qu'un tas de gens s'affaire déjà au travail. Me voyant errer sans but, un jeune homme en costume bleu ciel vient me renseigner.

- Je dois voir monsieur Nerrens, indiquais-je alors.

- Très bien, patientez ici, je vais le chercher.

Quelques instants plus tard, Jonathan arrive, dans une tenue bien plus décontractée que tout ce petit monde. Ça doit faire plus de trois ans que je ne l'ai pas vu. Il est resté très proche de ma mère, mais moi je me suis contenté d'éviter leurs apéros plutôt réguliers. Je lui tends la main, mais ce grand gaillard me serre dans ses bras, et je dois reconnaitre que ça me donne du baume au cœur.

Il me fait signe de le suivre et nous entrons dans son bureau. On prend un petit temps pour prendre des nouvelles et échanger sur nos vies.

Puis il m'explique les tenants et aboutissants de ce stage. J'ai la chance de pouvoir occuper un poste pour lequel on ne prend pas de stagiaire habituellement.

Jonathan me fait confiance et surtout en ma plume. Je ferai partie de l'équipe rédaction dans la branche sport, le job consiste à participer aux réunions quotidiennes,

d'aider à établir les objectifs, les sujets à évoquer, se renseigner sur l'actualité du sport afin d'avoir la meilleure info.
Je participerai également à la rédaction des articles sportifs publiés toutes les semaines dans le journal. J'ai hâte !

Nerrens me présente à tout le monde, mais je ne retiens le prénom de personne… Vient le moment de visiter mon bureau, *mon bureau !*
C'est assez petit mais je m'y sens bien. Les cartons du dernier rédacteur sont encore là et ce sera ma première activité, ranger !
Jonathan me laisse vaquer à mes occupations, et me propose de le rejoindre une heure plus tard en salle de réunion pour assister à la première de la semaine.

June

L'après-midi ne fait que commencer que j'en ai déjà marre de cette journée, de cette semaine, de tout en fait. Et devinez quoi, *le soleil n'est toujours pas venu égayer ma journée !* Il me reste encore une heure de libre pour travailler à la bibliothèque, mais j'ai drôlement de mal à me concentrer.
Je m'autorise alors une petite pause téléphone. C'est alors que je remarque que

Candice n'a répondu a aucun de mes messages, *pourtant difficile de les louper.*

- Bon alors, t'as trouvé la psychopathe qui t'a balancé ? intervient Alix, que je n'ai même pas vu arriver.

- Pfff, m'en parle pas, Candice ne me répond pas, j'ai 0 piste.

- Moi je la trouve bizarre ta pote…

- Pourquoi ? tu ne l'as jamais vue…
- J'sais pas, intuition féminie je suppose, montre-moi une photo et je pourrais t'en dire encore plus, s'enquit Alix.

Je ne peux m'empêcher de rire, c'est vraiment un truc de meuf de se faire un avis sans aucune objectivité, avec pour seul élément des photos.
Pourtant, son analyse m'intéresse quand même, non pas que j'ai quelconque doute au sujet de ma collègue, mais je suis tout de même curieuse de savoir ce qu'Alix en pense, *juste au cas où.* Je lui montre alors la page Instagram de Candice.

- Oh non… c'est exactement ce que je craignais, soupire Alix, cheveux courts typique des féministes un peu extrémistes, un nombre incalculable de photo inutiles juste pour montrer qu'elle a vécu en Australie, genre : *regardez comment j'ai une vie de rêve alors que mon manque de confiance en moi se lit sur mon visage !* et voilà en prime des docks martins et des piercings.

- Et alors c'est grave docteur ? me moquais-je, tout de même épatée de son débit de parole et du nombre d'infos qu'elle a tiré de simples photos.

- Rigole, mais moi elle ne m'inspire rien de bon cette fille !

C'est alors que je repense à Emmy qui avait utilisé les mêmes mots quand je lui avais parlé de ma nouvelle copine.

- Bon allez ! laisse-moi travailler, tu me déconcentre ! dis-je pour couper court au débat.

A mes mots, Alix bondit de sa chaise, me claque un bisou sur la joue et disparait.

Iago

- Alors ce premier jour de stage ? Jonathan va bien ? tu le sens comment ?

- Bonsoir maman, doucement l'interrogatoire, j'ai à peine retiré mes chaussures.

- Pardon hijo, mais je suis contente que tu sortes un peu la tête des bouquins et que tu te frottes au concret !

Ma première journée s'est très bien passée, j'ai reçu beaucoup d'infos en peu de temps et j'ai grand besoin d'aller m'enfermer dans ma chambre, pour tout laisser infuser. Mais ma mère semble impatiente d'en savoir plus, je m'assoie avec elle à table et lui raconte ma journée.

*

De Tao :

Alors ce stage mec ? on boit un coup chez marc ramène tes fesses !

Reçu à 21 :12

La première réponse qui me vient en tête est : non. Mais je dois avouer que ça me ferait plaisir de voir les gars et de déconner un peu, histoire de faire autre chose que ruminer et haïr June intérieurement.

A Tao :

Ok à toute !

*

- Et là je soulève sa jupe, je vois quoi une culotte petit bateau ! je te jure ! j'ai pas pu, sérieux j'ai cru que je déshabillai ma petite sœur ! lance tao sans vergogne.

Tout le monde explose de rire, il faut dire que ses histoires sont hautes en couleurs et il sait amuser la galerie, c'est ce qu'il sait faire de mieux d'ailleurs, *après séduire toutes les filles qu'il croise bien sûr.*
Je ne regrette pas de les avoir rejoints, même si honnêtement j'ai été un peu surpris, pour ne pas dire déçu, quand j'ai vu Alix assise sur les genoux de Marc en arrivant. Je n'ai rien contre elle, bien sûr que non, je m'attendais à une soirée entre mec c'est tout. Mais suppose que c'est comme ça quand on

est en couple et amoureux, *on ne se lâche pas.*

Et visiblement l'univers s'amuse à me rappeler que je ne suis pas dans cette situation, car ni une ni deux je me retrouve seul avec les deux tourtereaux. C'est ça ou la pause clope sous moins dix degrés. Alix déblatère un tas de truc et je suis étonné de voir que Marc s'y intéresse, vraiment en plus. Pour ma part je me contente d'écouter d'une oreille distraite en cherchant une musique sympa à diffuser. C'est alors qu'un sujet attire particulièrement mon attention, je tends l'oreille mine de rien :

- Donc moi je lui ai dit que je ne la sentais pas cette meuf, mais bon soi-disant je ne l'ai jamais vu alors je ne peux pas donner mon avis, raconte Alix l'air dépassée.

- De toute façon ça ne te regarde pas, laisse-la gérer ça toute seule, rétorque Marc qui semble soudainement ennuyé de ces histoires de fille.

- Tu serai une copine super nulle toi ! réagit Alix, non mais sérieux regarde son profil Insta !

Marc me lance un regard désespéré, qui cri « mec lance un autre sujet de conversation

n'importe quoi je t'en prie ! », *mais désolé je sens qu'elle peut sortir une info intéressante à tout moment.*
Alix se tais le temps de retrouver la page de Alice ou Candice je ne sais plus.

- Tiens ! Elle a tout l'air d'une meuf déjanté, mais pas déjanté genre je bois un peu trop en boite le samedi soir, plus déjanté genre je manipule tout le monde et on y voit que du feu ! Je ne peux me retenir de pouffer, Alix est vraiment folle.

Ma moquerie ne lui échappe pas, elle m'adresse un regard assassin et me tend le téléphone :

- Bah regarde par toi-même, vas-y, dis-moi ce que t'en pense !

Pressé d'en finir avec ce débat puéril je jette un œil à l'écran et… mon cœur manque un battement.

- C'est la collègue de June avec qui elle est sortie l'autre soir ? demandais-je à Alix très sérieux.

- Mais oui t'as rien suivi ou quoi, retorque t-elle.

Je lance un regard à Marc genre « mec c'est la merde », mais cet abruti est trop concentré sur le match qui se joue en silencieux sur la télé derrière moi. Je n'arrive pas à comprendre. Tout se mélange dans ma tête, tout fait sens, mais en même temps tout semble illogique. Je ne remarque même pas que je tiens toujours le téléphone avec un air hébété.

-   Bon c'est bon, ce n'est pas un Picasso à l'admirer comme ça ! intervient Alix et me reprenant l'objet des mains, verdict ?

-   Heu non j'en sais rien, elle a son style quoi, répondis-je distrait.

-   Super, vous êtes vraiment nuls les mecs quand il s'agit de repérer le vice.

C'est alors que Gab et Tao rentre dans le salon, ramenant avec eux un courant d'air glacial. La soirée reprend son cours, mais je ne tarde pas à rentrer, je ne tiens pas à être en retard demain matin.

CHAPITRE 16

DU BAUME AU COEUR

June

Le réveil de ce matin est particulièrement dur. Rien ne va. Entre la séparation de mes parents, Iago qui a disparu de la circulation, *et c'est tout*, mais c'est déjà trop pour ce que mon petit cœur est prêt à supporter !

Je prends le petit déjeuner avec ma mère ce qui ne me détend absolument pas car je dois lui annoncer que je vais déjeuner avec mon père. Ils ne sont pas en guerre mais la communication est compliquée et bref c'est un sujet tendu… Il m'a proposé qu'on aille manger japonais, du coup on ira à celui que j'ai découvert avec Alix. J'ai un petit pincement au cœur en me rappelant que je comptais y amener mes parents, ensemble…

- Bon tu veux une bonne nouvelle, intervient soudainement ma mère après un silence assourdissant.

Je ne comprends pas bien quelle nouvelle pourrai me réjouir à cet instant précis mais j'écoute quand même. Enfin je regarde plutôt, car ma mère me tend une enveloppe. Tout aussi curieuse qu'impatiente je déchire le dessus et sors un BILLET DE TRAIN POUR LYON !!

En effet ça c'est une bonne nouvelle. Je pars vendredi en début de soirée après mon dernier cours et rentre dimanche soir. Je me lève de ma chaise et vais prendre ma mère dans mes bras. J'essaie de ne pas en rajouter avec mes problèmes mais elle me connaît visiblement trop bien pour savoir qu'en ce moment ce n'est pas la folie. Bien sûr Emmy est au courant et me l'a caché. Un Week end loin de paris me fera le plus grand bien. Puis Emmy me manque tellement…

Ma journée s'annonce tout de suite plus belle !

Iago

C'est mon deuxième jour de stage et je m'éclate bien. L'équipe est cool, j'apprends un tas de choses et n'ai pas l'impression d'être l'assistant de tout le monde. Ce matin on doit valider les sorties de la semaine prochaine ; le journal hebdomadaire, la revue sport dont je m'occupe en partie et petite nouveauté ; la vidéo interview. De plus en plus de jeunes intègrent l'entreprise et Jonathan mise sur nous pour développer

les réseaux sociaux et moderniser la maison.
La réunion va commencer, tous les pôles
sont réunis. Je m'installe à côté de la
nouvelle alternante, Anaëlle qui est en
communication si je ne me trompe pas. C'est
une jeune femme élancée aux longs cheveux
bruns qui ne manque pas d'assurance pour
présenter les prochaine publications
Instagram devant l'assemblée. Elle fait son
effet.

*

- Si tu as bouclé tes articles de la semaine pro
je te propose de les transmettre à Jerry pour
qu'il y jette un œil, me suggère Jonathan.

- Oui j'ai presque fini je lui envoie direct.

- Ok parfait, tu pourras rejoindre Anaëlle elle
a besoin de quelqu'un pour préparer
l'interview de Lucas Pouille, conclut-il
accompagné d'un clin d'œil sans équivoque.

Je suis donc ses directives et rejoins Anaëlle
une petite heure plus tard :

- Salut, il parait que tu as besoin d'un coup de
main,

- Salut, répond-elle en me tendant la main,

Je lui serre en retour.

- Oui en effet, Jonathan veut développer les réseaux, avec plusieurs post par semaine sur chaque plateforme mais surtout des interviews inédites type konbini, axé sur le sujet qu'on aborde déjà dans nos revues.

Son professionnalisme me clou le bec, mais j'apprécie, je sens qu'on peut être efficaces ensemble.
L'interview de la semaine prochaine, la première, est celle de Lucas Pouille un tennisman. Nous réalisons vite qu'aucun de nous deux ne s'y connais vraiment dans le tennis, et nous entamons donc des recherches à son sujet.

Je lève les yeux de mon écran et constate qu'il est déjà 18heures, nous avons très bien avancé. Anaëlle s'est bien renseignée et a fait une fiche complète sur notre tennisman, j'ai dressé une liste de questions à lui poser et la trame de l'interview est écrite. Je suis fière de nous, on a bien bossé !

- Top ! conclut Anaëlle en refermant son ordinateur, on va boire un coup pour décompresser ?

Alors là je suis pris de court, on était si concentré sur le travail toute l'après-midi que je n'ai pas penser un seul instant à sympathiser avec elle, et je suis encore plus surpris que la démarche vienne d'elle.

- Ça marche ! j'ai répondu sans réfléchir mais je pense qu'il valait mieux. Après tout ce n'est qu'un verre puis ça ne me fera pas de mal d'apprendre à connaitre une autre fille.

June

- Meuf putain j'ai appris un truc de ouf hier soir ! comme d'habitude Alix surgit de nulle part et hyper discrètement.

Mon livre sur les maladies mentales est passionnant mais j'avoue qu'elle a piqué ma curiosité.

- Vas-y balance,

- Tu vas être choqué et peut-être un peu énervé en réalité, songe-t-elle à voix haute.

- Bon Alix ! je la bouscule comme si ça allait faire sortir l'info plus vite de sa bouche.

- Hier soir, on a bu un verre à l'appart avec les gars, je *ne peux m'empêcher d'être vexée de ne pas avoir été conviée,* et tu me connais je suis bavarde, sans *déconner,* fin bref j'ai raconté l'histoire de vendredi ; ta soirée, ta collègue, la vidéo tout ça…

- Hein ? mais ça ne les regarde pas, puis devant Iago mais ça ne va pas !

- T'inquiètes j'ai plaidé ta cause ! Mais ce n'est pas ça le plus important !

- Alix t'abuse tu ne sais pas garder ta langue…

- Bon June tais toi tu vas voir ça valait le coup !

- Mh. J'attends de voir

- Donc, reprend-elle, on débat sur Candice je leur montre son insta histoire d'avoir leur avis, et je vois Iago qui beugue devant ses photos, mais en mode bizarre tu vois…

- Et… ?

- Et bah hier soir je sais plus comment s'est venu sur le tapis, je crois qu'on parlait des cheveux courts pour les filles, ou peut-être des nouvelles dock martins…

- Alix ! abrège !

- Oui, donc on reparle de Candice et en fait Marc m'avoue quoi ! que c'est l'ex de Iago.

Elle s'arrête net guettant ma réaction mais à vrai dire l'information met un temps certains à arriver à mon cerveau. Du peu que je sache sur cette ex c'est qu'elle l'a abandonné et est partie sans raison. Mais du coup ça explique qu'elle est voulue foutre la pagaille, pour rester polie… quelle garce ! mais comment elle sait que je connais Iago ?

- June ! eh oh ! t'es encore là ?

- Ouai, heu je suis un peu perdue ça veut dire quoi au juste ?

- Qu'elle est complétement folle !

- Elle est peut-être juste encore amoureuse… dis-je pas vraiment convaincu.

- June ne t'as pas compris… Candice elle s'appelle Ella…

- Quoi ?

- Elle t'a menti, ce n'est pas son vrai nom elle cache un tas de chose cette fille… Marc ne m'en a pas dit tellement plus et pourtant je te jure j'ai déployé les grands moyens pour lui faire cracher le morceau, et quand je dis les grands moyens tu vois de quoi je parle !

- C'est bon arrête je ne veux pas d'images ! Mais attends je n'y comprends rien.
- Tout ce que je sais c'est qu'au lycée elle était chelou, qu'elle a largué Iago comme une merde, a disparu 3 ans et maintenant réapparait avec un autre nom et veut le récupérer. J'estime que ce sont des raisons suffisantes et nécessaires à son élimination.

Alix est folle. Bon, peut-être pas autant que Candice, Ella fin ma collègue quoi. Mais il me manque trop d'éléments ; pourquoi est-elle partie au lycée ? pour aller où ? pourquoi être revenue ? sous une autre identité ? j'ai besoin d'air, et d'explications ! Je songe à appeler Iago, il m'a bloqué, Candice, elle ne donne aucun signe de vie depuis vendredi…

-   Mais attend pourquoi tu ne me l'as pas dit plus tôt ? criais-je réalisant soudain que c'était une info capitale et urgente.

-   Alors déjà de rien ! et deuxièmement je te l'ai dit j'ai trimé pour avoir plus d'infos et bon il s'avère que ça m'a pris la nuit. Donc finalement au lieu de t'envoyer un message ce matin au saut du lit genre « au fait Candice c'est Ella l'ex de Iago à toute bisous ! » et bien j'ai pensé que c'était tout aussi bien de te le dire en face.

Je retiens un rire, à moitié sincère à moitir nerveux.
Je remercie mon amie et la quitte, j'ai besoin d'être seule pour réfléchir à tout ça.

*

J'enfile un pyjama confortable, relève mes cheveux en chignon, enfin si on peut appeler ça un chignon, et rejoins ma famille à table. Voir la place de mon père vide me fait toujours autant de mal… et quand on parle du loup :

-   Au fait ma chérie, ce déjeuner avec ton père ? ça s'est bien passé ?

- Oh, il a eu un empêchement on se voit demain finalement…

Le reste du repas se déroule étonnamment bien, dans la bonne humeur et la légèreté. Raph obtiens de super notes à l'école, Noah est amoureux, *pauvre de lui*… et ma mère à bientôt fini son site pour sa boutique en ligne. Ça me fait plaisir de partager un repas en famille, ou presque… Mais j'apprécierais encore plus si je pouvais me régaler du bon couscous que ma mère a préparé, mais je n'ai pas faim. Comme depuis plusieurs jours maintenant. Et ma mère ne manque pas de me le faire remarquer.

- Je suis un peu stressé en ce moment, les cours, la séparation, et tu sais comment je suis…

Cette excuse ne va pas tenir longtemps, je sais que quelque chose cloche. J'ai tendance à perdre l'appétit quand je suis contrariée mais pas à ce point. En y réfléchissant bien mon dernier repas « complet » doit remonter à avant-hier soir. Je ne mange pas le matin, pas grand-chose le midi et très peu le soir, *ça ne fait pas beaucoup…*

- June, si ça ne va pas tu peux m'en parler tu sais, s'inquiète ma mère.

Mais cette discussion commence à m'angoisser, je préfère changer de sujet et commencer à débarrasser.

Iago

Après avoir arpenté plusieurs rues, nous choisissons finalement un bar ambiance assez animé. Anaëlle choisit une table en hauteur près de la baie vitrée, je m'installe et crains maintenant le blanc du début comme je l'appelle. Heureusement le serveur ne se fait pas prier et viens prendre notre commande.

- Un spritz s'il vous plais,
- Et pour moi ce sera un whisky coca.

Le jeune homme repart aussi vite qu'il est venu son plateau sous le bras.
Je décide d'engager directement la conversation, est c'est étonnamment simple. Nous échangeons quelques banalités, rions parfois des blagues limite des gars assis au bar, puis Anaëlle m'apprend qu'elle a vécu un an au Mexique avec ses parents. *Alma...* Nous ne faisons presque pas attention au serveur qui nous apporte nos boissons, absorbés par cette discussion sur le

Mexique, je lui pose un tas de questions, c'est bête mais c'est comme si je me sentais plus proche de ma sœur. Mais évidemment la question qui fâche ne tarde pas à arriver :

- Et ta sœur qu'est-ce qu'elle fait là-bas ? un échange universitaire ?   Me questionna Anaëlle.

- Non pas vraiment, c'est plutôt perso en fait… *merde j'ai niqué l'ambiance…* j'aurai du dire oui, ce n'est pas comme si j'allais aller plus loin avec cette fille, qu'elle allait rencontrer ma famille et que ce mensonge entraînerait des conséquences… mais bon trop tard.

- Oh mince, désolé je ne voulais pas être indiscrète.

J'apprécie vraiment sa délicatesse, elle est élégante, pas seulement physiquement je veux dire …

*

Ne me demandez pas comment je me suis retrouve à boire « le dernier verre » chez Anaëlle. Oui je suis la fille à ramener dans son pieux de l'histoire… *et merde…*

Je crois que le dernier double whisky était de trop et visiblement les Monaco désinhibent plus qu'on pourrait le croire. Le pire c'est qu'il n'y a même pas de dernier verre à proprement parler, *andouille me raille ma conscience*, la coloc d'Anaëlle dort, nous filons donc dans sa chambre. Un peu éméché elle trébuche dans sa chaise de bureau qui elle-même cogne dans la lampe, un vrai capharnaüm. Nous explosons de rire et nous affalons sur le lit. J'ai passé une excellente soirée, Anaëlle est une fille brillante à l'humour feutré, une force tranquille mais tout de même confiante. Assez en tout cas pour me ramener chez elle.

- Tu veux un verre d'eau ? s'enquit-elle de demander

- Oui je veux bien, chuchotais-je du mieux que je peux.

J'en profite pour réfléchir rapidement à la suite des événements, je ne suis pas du tout ce genre de mec, les coups d'un soir ce n'est pas, *enfin plus* trop mon truc, puis demain ça risque d'être étrange au bureau… Mais m'enfuir en douce c'est encore moins mon genre, et demain ça sera plus que gênant au travail.

La solution est vite trouvée. Anaëlle revient à tâtons dans la chambre, me tends le verre d'eau plonge son regard dans le mien. Elle a l'air un peu gênée et semble vouloir me dire quelque chose.

- Iago ?

- Oui, *c'est perturbant de parler tout bas, ça rend le moment plus intime qu'il ne devrait...*

- Je ne veux pas coucher avec toi, enfin pas ce soir, non pas que j'ai prévu un autre soir, enfin, oh misère, désole ça doit être l'alcool, je perds mes mots... dit-elle paniquée.

- Eh, tentais-je de la rassurer, tout va bien, ça me va, ne t'inquiètes pas, je vais rentrer chez moi, et on se voit demain au bureau ça marche ?

- Oh t'es génial, souffla-t-elle soulagée en s'écroulant dans mes bras.

Je la rattrape et l'installe délicatement dans son lit, je me rappelle alors que j'ai fait sa rencontre ce matin. Mais je l'aime bien ! Je prends soin de fermer doucement la porte et m'en vais dormir, chez moi.

NOVEMBRE

June

La sonnerie annonçant l'arrivée en gare me tire de mes rêveries, le trajet est passé vite, et j'ai hâte de retrouver Emmy. Le train ralenti et tout le monde se lèvent précipitamment pour récupérer leurs bagages et sortir au plus vite du wagon, *c'est typiquement ce genre de comportement qui me fait perdre foi en l'humanité...*

Il pleut à Lyon, je ne suis pas trop dépaysé au moins. À peine descendu du train j'entends mon amie brailler mon nom, *si je ne voulais pas me faire remarquer c'est raté !* Je serre Emmy dans mes bras, je suis vraiment ravie de la voir. Elle me débarrasse de mon sac de voyage et nous sortons de la gare.

*

- Tadam ! bienvenu dans mon luxueux appartement, ironise Emmy.

C'est assez petit mais elle a aménagé l'espace de sorte qu'on s'y sente bien. Il est déjà 21 heures, et le dilemme de la soirée se pose ; sortir ou rester à l'appartement.
Finalement la promotion Uber eat sur le japonais du coin a eu raison de nous, ça sera soirée sushi devant notre série du moment.
Je raconte à Emmy mes dernières péripéties, elle ne manque pas de me rappeler qu'elle m'avait prévenue au sujet de Candice, me trouve ridicule de ne pas essayer d'arranger les choses avec Iago, je fais en sorte de ne pas montrer qu'elle a raison et nous décidons d'aller dormir. Mais une vive douleur en bas du dos me rend la tâche difficile.

03 :45, merde je ne dors toujours pas… des douleurs musculaires m'assaillent depuis peu et j'ai du mal à bouger sans que mon corps me fasse mal. J'ai choppé une bonne grippe c'est sûr ! *ça va gâcher mon Week end…*

Iago

Je ne peux pas m'empêcher de cogiter depuis l'autre soir quand j'ai vu la photo d'Ella sur le téléphone d'Alix. Elle s'est inventée une vie, une autre identité, tout ça pour éloigner June de moi, elle n'a finalement pas changé le moins du monde. Mais j'ai quand même un tas de questions qui me retourne la tête. Dois-je contacter Ella et lui dire d'arrêter son délire ? Je ne suis pas vraiment à l'aise avec cette idée maintenant que je connais ces problèmes psychologiques.

Je meurs aussi d'envie de tout expliquer à June qui finalement ne sait rien de toute cette manigance. Mais j'estime que c'est à elle de faire le premier pas, *oui même si je l'ai bloqué,* elle adore les films romantiques elle devrait connaitre une tonne d'astuces innovantes pour reconquérir quelqu'un non ?

Les gars m'ont proposé d'aller au bar ce soir, mais j'ai refus.

Entre les cours à rattraper, les articles à rédiger pour mon stage et mon rapport à tenir en même temps, j'ai de quoi m'occuper. Pourtant la seule chose à laquelle je pense c'est elle. *Oui je sais c'est lamentable...*

June

- Debout là-dedans, me chuchote Emmy, il est 11 heures et demie, je t'ai laisser dormir parce que tu étais trop mignonne, mais si tu veux profiter de la journée il s'agirait de se bouger ! ajoute-t-elle en me secouant.

- Désolé, mais j'ai passé une nuit horrible, articulai-je encore ensommeillée.

Je lui raconte plus en détails mes maux et elle ne peut s'empêcher dc s'inquiéter et me transmettre son stress au passage. Pour autant je suis sûre que ce n'est rien de grave, j'avale un doliprane, des vitamines et suis prête à attaquer ma journée, *après un petit vertige en me levant.*
Le soleil nous fait honneur de sa présence aujourd'hui, Emmy me fait visiter le quartier, puis nous nous installons dans une brasserie qu'elle aime bien. Ses amis doivent nous rejoindre pour déjeuner, j'ai hâte de les rencontrer. J'essaie de profiter du moment présent mais de nouvelles douleurs se font ressentir dans mes jambes…
Pas le temps de m'en plaindre James et Lilou arrivent déjà. Jacob, le dernier de la bande n'a pas pu venir ce midi mais Emmy a prévu

que l'on sorte ce soir, *j'espère en avoir l'énergie.*

Le repas se déroule dans la joie et l'euphorie des nouvelles rencontres, James et Lilou forme un duo assez étonnant, et animent le déjeuner. Ils sont vraiment gentils et en ont dans la tête, je suis contente qu'Emmy ai trouvé des amis comme eux pour commencer sa nouvelle vie ici.

L'après-midi passe assez vite, nous nous promenons dans la ville avant de quitter James et Lilou, puis entamons des emplettes au centre commercial. Je dois prendre sur moi pour ne pas rentrer me coucher tellement mon corps est douloureux. Pour couronner le tout je crois que je fais une infection urinaire. Je fini donc la journée au lit, Emmy à mes soins. Je dois avouer que je commence à m'inquiéter, en y réfléchissant cela fait un moment déjà que je ne me nourris plus normalement. Je devrais aller consulter.

Iago

Je ne savais pas qu'être triste et énervé me rendait plus productif mais j'en profite, j'ai rédigé un nouvel article pour mon blog, boucler les choses que j'avais à faire pour la boite et ne suis plus si en retard que ça sur mes cours, une pause s'impose ! Et effet je ne pensais pas si bien dire, lorsque je rejoins le salon Tao est assis sur le canapé et discute avec ma mère. Je suis content de le voir mais je reconnais son air et sais d'avance qu'une discussion sérieuse m'attends. Je l'invite à venir dans ma chambre et le rejoins après nous avoir pris des sodas.

- Ça pu le phoque ici t'ouvre de temps en temps ? lance Tao sans gêne.

- J'ai assez de ma mère figure toi, de quoi tu voulais me parler ? Répondais-je.

- Tu t'en doute…

Et en effet le dossier June ne tarde pas à être mis sur la table.

- Sérieux mec, c'est vraiment débile cette histoire, la folle qui te sers d'ex revient pour mettre la zizanie et toi tu la laisse faire. Tu sais très bien que June s'en fiche de ce mec, elle était complètement bourrée. Vous vous entendez super bien, elle est dingue de toi et c'est réciproque. Gâche pas tout, tu t'es assez privé et renfermé sur toi, laisse-toi une chance d'être heureux non ?

Je n'ose rien répondre parce que tout ce qu'il dit est juste et me fait plus de mal que je ne voulais bien l'admettre. C'est comme si j'avais pris cette histoire comme la bonne excuse pour rompre avec elle et me donner raison sur le fait qu'il ne faut pas ouvrir son cœur. Mais si j'avais tort ? Elle me manque c'est indéniable. Pour vous dire j'ai fini Symbiosa, et j'ai adorer la fin.

- Puis je ne voudrais pas en rajouter une couche mais il parait qu'elle ne va pas très bien en ce moment, sa santé inquiète un peu Alix. Tu devrais aller la voir, renchérit Tao après m'avoir laissé le temps de la réflexion.

Cette information me fait tiquer, je la revois alors au restaurant ne mangeant presque rien, aux pauses du midi ses plats à emporter retourne toujours dans son sac sans qu'elle n'y ai touché. J'espère tout de même que ce n'est pas trop grave, et je décide d'aller la voir. Quand elle rentrera de Lyon bien sûr.

June

Après plus de 15 heures couchée plus aucune position n'est confortable et je n'ai jamais autant désiré aller en cours et remuer mon corps. Je suis rentrée hier soir de Lyon, dans un piteux état. Mes articulations me font souffrir, j'ai de grosse migraine et comme on dit, jamais deux sans trois, mon infection urinaire est diabolique. Tous les anti-douleurs que je possède n'ont pas suffi à faire passer les douleurs. Je me force malgré tout à m'extirper du lit, enfile un ensemble de survêtement et direction les urgences.

Je n'ai jamais vu ma mère dépasser les limitations de vitesse, c'est officiel elle flippe. Pour ma part je ne sais pas si c'est la fatigue ou les médicaments mais je ne semble pas réaliser l'état actuel des choses. Comme je l'imaginais la salle d'attente est pleine et je vais en avoir pour des heures, assise sur un siège en bois à peine aussi large que moi. *Super*...
Je me rends compte que je me suis endormie quand la vibration de mon portable me tire de ma sieste. Et je découvre avec stupéfaction qu'il s'agit d'un message de Iago.

De Iago :

Hey, tu n'étais pas à la bibliothèque ce matin, Alix m'a dit que ça n'allait pas fort, qu'est ce qui se passe ?

Reçu à 10 : 36

J'ai aussi un appel manqué de la balance en question et trois messages d'Emmy qui a dû éplucher tous les sites internet de santé et me diagnostiquer au moins 10 maladies mortelles. Je ne sais pas comment répondre à Iago, le fait est que je ne sais pas trop quel ton employé, on ne s'est pas adressé la parole depuis le lendemain de cette fameuse soirée, il m'a bloqué, puis débloqué visiblement. *Est-il toujours en colère ? Sait-il qui est derrière tout ça ?* Il faut vraiment qu'on ait une discussion. Je réponds alors :

A Iago :

Salut Iago, quelques petits soucis de santé ces derniers jours, je m'en occupe, merci du message.
PS : j'aimerai qu'on parle.

Distribué à 10 : 37

Il répond aussitôt.

De Iago :

Moi aussi, tiens-moi au courant dès que tu vas mieux et je passerai te voir. PS : Tu me manques.

Reçu à 10 : 38

Mon cœur fait un bond dans ma poitrine, mais je n'ai pas le temps de savourer ces mots qu'on m'appelle enfin en salle d'examen.

Ma mère me porte presque jusqu'au petit cabinet tellement je peine à faire fonctionner mes jambes, j'ai l'impression d'être un robot à la batterie défaillante. Nous nous installons face au bureau du médecin et j'explique alors à la médecin mon manque d'appétit, mes vertiges et tous les autres symptômes de ces derniers temps et je dois avouer que l'expression qu'elle arbore en prenant des notes ne me dis rien qui vaille. Elle m'explique alors n'avoir aucune certitude sur ce qui m'arrive et imprime une feuille sur laquelle une série d'examen m'est donnée de faire ; prise de sang, analyse des urines, radio des articulations, IRM.

*

Ce sont les heures et les jours les plus longs de ma vie, après avoir passé une batterie d'examens médicaux, il ne reste qu'une chose à faire, patienter. Je n'ai pas quitté mon lit depuis lundi après-midi une fois rentrer de l'hôpital. Ça ne va plus du tout, mon état est maintenant alarmant. Les médecins ont évoqué plusieurs bilans potentiels ; un début de sclérose en plaque possible, ou alors d'épilepsie, dans tous les cas rien de bien rassurant et encore moins anodin. Nous sommes jeudi, j'ai rendez-vous à 10h avec le docteur Merkman à l'hôpital. Les résultats sont tombés. Je n'ai jamais été autant stressé de toute ma vie, tellement que j'ai rendu mon semblant de déjeuner deux minutes après l'avoir avalé. Ma mère garde la face et tente de rassurer mes petits frères mais je ne la sens pas plus confiante que moi quant au verdict.

-   Bonjour mademoiselle Bazé, madame Bazé, je vous en prie installez-vous, nous salue le docteur.

Je sais que tous les médecins arborent cet air dramatique mais vu mon taux de stress évident il pourrait faire un effort, *un rictus au moins !*
Docteur Merkman redresse ses lunettes, pose les coudes sur le bureau et lance alors :

-   Les résultats que j'ai reçus ce matin ne sont vraiment pas satisfaisants.

Le silence qu'il laisse trainer écrase ma poitrine. *Abrège...*

- Mademoiselle Bazé, nous sommes sûr à 90 pourcents que vous êtes atteinte du lupus systémique.

J'ai à peine le temps d'intégrer ces mots qu'elle se lance dans les explications :

- Appelé LEAD le lupus érythémateux systémique est une maladie auto immune assez rare. Votre système immunitaire, censé protéger l'organisme, se dérègle et se retourne contre lui. Des processus inflammatoires toxiques se déclenchent alors sans raison à différents niveaux : peau, articulations, reins, etc. Ce qui explique vos derniers symptômes. Pour le moment aucune cause responsable de cette maladie n'a été formellement reconnue mais il est certain que les facteurs environnementaux, hormonaux et génétiques jouent un rôle important.

Je n'écoute plus. Un silence assourdissant fait bourdonner mes oreilles. Mon monde s'effondre, à cet instant, dans cette salle blanche et sans vie, je vois la mienne basculer. Je ne suis pas calée en médecine mais j'ai regardé assez de films dramatiques pour connaitre cette maladie et ce qu'elle représente. Je tourne alors la tête vers ma mère, les larmes coulent toutes seules sur son visage. Mon cœur se brise une deuxième fois. Le reste de la consultation me parait interminable et ne fais aucun sens dans mon esprit.

- Je suis désolé... J'ai conscience que c'est beaucoup d'un coup, je vous expliquerai ce que cela implique plus en détail lors de notre prochaine entrevue. Elle me regarde alors dans les yeux puis reprend. Il est tout à fait possible de vivre avec le lupus, certains s'en sortent même très bien, mais en raison du nombre d'organes qui peuvent être touchés suivant l'évolution de la maladie, un suivi médical très strict va vous être imposé ainsi que de nombreuses restrictions. A l'heure actuelle aucun traitement ne nous permet de nous débarrasser du lupus, mais nous allons faire en sorte qu'il soit le moins handicapant possible. Je ne vais pas vous le cacher les prochains mois vont être dures, mademoiselle Bazé, vous allez avoir besoin de soutien et d'un suivi psychologique que l'on vous proposera au sein de l'hôpital.

Personne ne parle à part la dame en blouse blanche.

- Il nous reste encore plusieurs examens à effectuer afin de déterminer quels organes sont déjà affectés et à quel niveau. En fonction de ça nous pourrons parler de la suite.

C'est surréaliste. Je ne réalise pas.

- Pour aujourd'hui je vais vous laisser tranquille, vous pouvez rentrer chez vous le temps d'assimiler tout ça et d'en parler en famille. En revanche à partir de demain nous allons devoir vous hospitaliser, les premières phases de la maladie sont les plus sévères vous allez devoir être suivi de près. Prévoyez donc assez de vêtements et apportez de quoi vous occupez, et vous remontez le moral, vous allez en avoir besoin...

Je ne sais pas bien comment cette conversation hors du temps s'est finie mais ça y'est, c'est officiel, *je suis malade*.
1 semaine plus tard...

Iago

Je déteste les hôpitaux, vraiment... Il ne pourrait pas peindre les murs autrement qu'en blanc, histoire de rendre ça moins glauque. On sait tous pourquoi on est là, pas besoin de nous rappeler que c'est un lieu de déprime et de mauvaises nouvelles... Je suis passé par toutes les émotions depuis que j'ai reçu l'appel de June ce matin. On lui autorise enfin des visites hors famille. Je ne savais pas bien ce que l'on était censé ramener à une personne dont on vient de diagnostiquer une maladie incurable une semaine auparavant. Alors j'ai emporté son livre préféré, j'ai pensé que ça la réconforterai.

La petite dame de l'accueil lève enfin le nez de son ordinateur et daigne m'indiquer l'étage et le numéro de chambre, avec une amabilité toute particulière.

*

- Entre, répond June de l'autre côté de la porte. Je te préviens je suis affreuse à voir.

Je pénètre doucement dans la chambre 12 et découvre une June bien plus maigre que la dernière fois que je l'ai vu. Des cernes violacés creusent son visage, et pourtant je la trouve sublime.

- Hey toi..., glissai-je doucement.

- Salut...

- Comment tu te sens, *je me sens vraiment ridicule de poser une question pareille...*

- Mieux, ma crise est passée.

Soudain la réalité me frappe au visage, je n'avais jamais eu à voir un membre de mon entourage proche souffrant, et je ne suis pas vraiment satisfait de l'expérience.

- Je peux ? Demandais-je prudemment en désignant le bout du lit.

June acquiesce et je m'installe. Je n'ai pas besoin de l'assaillir de questions, elle m'explique tout, les symptômes, le diagnostic, les soins. Elle est à un stade assez important et beaucoup d'organes sont déjà atteintes. C'est certainement un début de grippe qui a déclenché sa première crise. Et en début de « cycle » si l'on appeler ça comme ça les crises se font plus fréquentes et douloureuses que la moyenne. June subit alors de fortes douleurs à peu près dans tout le corps. Elle va rester hospitalisée pendant au moins un mois. Et si sa situation se stabilise elle pourra rentrer et se contenter d'une infirmière à domicile lors des phases plus compliquées. J'ai eu à peine le temps de la retrouver qu'il ne nous reste que quelques minutes avant qu'on me demande de la laisser se reposer. Je lui rends alors son livre et omet volontairement de lui dire qu'il est annoté, rien que pour elle. Et je m'excuse, de tout, pour tout. On met les choses au clair, je lui explique pour Ella et lui pardonne son écart de l'autre soir. On s'embrasse d'une manière singulière et je me sens libéré, prêt à être à ses côtés quoi qu'il arrive.

- Jeune homme, nous interrompt une infirmière, il va falloir y aller.

Devoir la laisser ici me déchire le cœur, mais je lui promets, en déposant un dernier baiser sur ses lèvres, de venir prendre soin d'elle régulièrement, dès que je le pourrai. Elle me rend un dernier sourire et je m'en vais.

*

Une fois rentré de l'hôpital, je suis persuadé d'une chose, je suis amoureux de June, et je veux être avec elle. Personne ne doit se mettre en travers de ça. Je décide alors de faire sortir Ella de ma vie, définitivement et lui envoie un dernier message, l'invitant à aller mener sa vie loin d'ici. Je supprime son numéro, bloque son contact de mes réseaux sociaux. On peut fermer le livre.

3 mois plus tard...

FEVRIER

June

Cela fait 4 mois que j'ai appris la pire nouvelle de ma vie, 4 mois que tout a complétement changé. J'ai ratée mes premières partielles faute d'avoir pu aller en cours assez régulièrement. Je vis chez mon père qui est absent la plupart du temps, mais au moins j'habite plus près de l'hôpital en cas de besoin. Mes parents ont entamé les démarches de divorce... J'ai l'impression que tout est parti en vrille en un rien de temps.

Une bonne nouvelle : les crises se sont espacées ces dernières semaines, j'arrive à vivre à peu près normalement avec les médicaments, même si maintenant ma vie se résume à lire, dormir, et de temps en temps recevoir mes amis quand mon corps m'en donne la force. J'ai dû démissionner du salon de thé, maintenant je donne des cours de soutien scolaires quelques heures par semaines. Sinon je passe la plupart de mon temps dans mon manoir blanc comme je l'appelle, cet appartement parisien moderne et sans vie que mon père n'a pas pris la peine de décorer. J'ai toujours beaucoup d'examens à faire pour suivre l'évolution du lupus, ce qui m'a donné l'occasion de rencontrer Stella à l'hôpital, un cancer du sein a 30ans vous y croyez… Je n'aurai jamais pensé que tout puisse basculer du jour au lendemain, j'avais pris l'habitude de voir ça dans les films ou de le lire dans des romans.

Mais aujourd'hui je ne peux pas me projeter plus loin que quelques semaines, c'est dur mais je suis bien entourée. Emmy prend souvent le train pour venir me voir, Iago est vraiment un petit copain exemplaire, et Alix et les garçons m'invitent toujours à sortir, même si la plupart du temps je refuse, trop fatiguée. Enfin voilà il y a des hauts et des bas mais on tient, *du moins on essaie.*

Cette après-midi j'ai mon rendez-vous hebdomadaire chez Mme Yong, ma psy. Ça m'aide beaucoup de parler à quelqu'un qui manifestement prend plaisir à écouter des gens se plaindre et pleurnicher à longueur de journée.

Iago est au foot cette après-midi, d'habitude c'est lui qui m'y accompagne pour m'éviter les transports en commun. *Ah oui j'ai failli oublier*, il a passé le permis et s'est acheté une voiture, elle ne paye pas de mine mais ça fait l'affaire. Parfois j'ai la sensation d'être son fardeau. Même s'il fait tout ça par amour pour moi, j'ai la frustration de ne jamais pouvoir lui rendre la pareille. Il n'a le droit qu'à une copine à moitié handicapée, qui passe les trois quarts de son temps alité ou hospitalisé. Et il y a des jours comme aujourd'hui, où j'aimerai être seule et n'être une charge pour personne. Le ding de l'ascenseur me coupe dans mes songes, mais la surprise qui m'attend dans le hall de l'immeuble me remet dans tous mes états.

- Qu'est-ce que tu fais la ? Dis-je soudainement en voyant Iago adossé au miroir de l'entrée.

- Content de te voir aussi, on y va tu vas être en retard, se contente-t-il de me répondre en déposant un baiser sur ma joue.

- Je ne rigole pas Iago tu étais censé aller au foot avec les gars cette aprèm, je ne veux pas que tu te prive de vivre ta vie sous prétexte que je ne puisse pas vivre la mienne.

- Eh eh eh calme toi, si je suis ici c'est parce que je le veux, tu ne m'oblige à rien et ne me prive de rien, d'accord, dit-il calmement.

- Je peux y aller toute seule, le bus arrive dans 2 minutes, me contentai-je de répondre.

- Qu'est ce qui t'arrives June ? J'ai fait quelque chose de mal ? s'inquiète-t-il alors.

Ça me tue qu'il ose se remettre en question alors qu'il fait absolument tout ce qu'il faut de la meilleure des manières, c'est moi le problème, je suis complètement vide, déprimée et déprimante. Il mérite mieux, il ne s'amuse plus avec moi. Il ferait mieux de faire sa vie. Malheureusement je n'ai ni le temps ni la force d'avoir cette conversation maintenant, je cède alors et le laisse m'accompagner chez la psy.

*

Je suis de retour quelques heures plus tard dans cet appartement sans âme, *je crois que je préfère même ma chambre d'hôpital*. Ma séance de vidage de sac ne m'a absolument pas soulagée, je n'ai pas parler de ma décision quant à Iago, *si tant est que j'en ai pris une*. Je suis sûre que Mme Yong m'en dissuaderai, elle dit que je m'enferme de plus en plus sur moi-même, que je ne devrais pas rejeter les autres, ni me considérer comme un fardeau, *plus facile à dire qu'à faire*. Je trouve que ça serai même égoïste de continuer de me faire assister sans pouvoir donner quoique ce soit en retour, et ce sans scrupule ni culpabilité.

Iago

Je sens bien que quelque chose ne va pas, d'habitude quand je ramène June d'un rendez-vous elle m'invite toujours à rester, comme son père n'est pas souvent à l'appartement nous passons la soirée ensemble. Ce soir elle a prétexté devoir se reposer seule. Je la sens s'éloigner, et je ne sais pas quoi faire. Je ne pourrai jamais comprendre ce qui se passe dans sa tête depuis quelques mois, et je n'imagine pas ce qu'elle peut ressentir, et c'est horrible. J'aimerai prendre sa place parfois, histoire qu'elle regoutte à la vie légère qu'elle avait avant. J'ai voulu aborder le sujet mais elle est fermée comme une huître, je me demande bien si sa psy arrive à en tirer quelque chose. Malheureusement je n'ai pas plus de temps à consacrer à penser à June, les partiels arrivent à grands pas, j'ai encore une tonne de cours à réviser, et depuis que Jonathan m'a embauché comme rédacteur de la chronique sport pour son magazine j'ai encore plus de travail, même si je suis à temps partiel. Je suis au bureau de JNedition dès que mon emploi du temps est vide, j'y passe même une bonne partie du week-end en ce moment. Ce poste me plait beaucoup et il faut dire que mon patron est assez généreux sur le salaire. Avec ce que j'économise j'espère pouvoir me payer un billet d'avion pour aller voir Alma. Elle s'est officiellement installée au Mexique, *devinez pourquoi… ?* Eh oui, elle est tombée amoureuse. Jason, un Américain en échange universitaire, rencontré dans un bar. Je n'en sais pas vraiment plus si ce n'est qu'au bout d'un mois elle a emménagé chez lui et compte y rester le temps de son échange, soit d'après mes calculs encore 6 ou 7 mois.

*

Il est déjà minuit passé quand je lève la tête de mon ordinateur, j'arrive à saturation, mon cerveau bouillonne. Je coche les matières que j'estime avoir assez travailler sur ma liste, *oui j'ai fait une checklist spéciale révisions...* Je suis devenu super organisé depuis que June est tombée malade, *bon les gars diraient plus psychorigide qu'organisé,* mais c'est juste que je veux partager mon temps le plus équitablement possible et de manière efficace.

Bref j'envoie un message de bonne nuit à June, et remarque que je n'ai aucune nouvelle depuis que je l'ai déposé chez elle, puis pars me coucher.

CHAPITRE 19

LES RETROUV... AÏE

June

Nous sommes enfin samedi, j'adore les week-ends car c'est le moment de rentrer à la maison et de retrouver Noah, Raph et ma mère.

Me réveiller dans des draps propres et une chambre rangée et décorée me mets de bonne humeur pour la journée, malgré le temps catastrophique qu'il fait dehors. L'odeur des pancakes chaud me tire de ma couette, et je rejoins tout le monde pour le petit déjeuner. J'ai le droit à un récapitulatif de la semaine de chacun, ces échanges me mettent du baume au cœur et je me sens soudain moins seule. Je sais que ma mère déteste l'idée que je vive quasiment seule chez mon père, elle pense que ça favorise mes baisses de moral et je sais qu'elle n'a pas tort. Malheureusement je ne pouvais pas rester ici, les escaliers sont trop risqués au quotidien car j'ai perdu beaucoup de force surtout dans les jambes, puis nous sommes bien trop loin de l'hôpital où je suis suivie.

Je chasse la nostalgie de ma vie d'avant de ma tête et profite de cette matinée en famille.

*

- Hello beauté ! dit Iago en m'ouvrant la porte.

Il m'a invitée à passer l'après-midi chez lui à regarder des films. Pour une fois je me suis un peu préparée plutôt d'humeur à laisser le jogging de côté. Il le remarque instantanément et m'embrasse comme si c'était la première fois. Son enthousiasme est contagieux et je retrouve un sentiment que je n'avais plus ressenti depuis longtemps, la joie. Une joie sincère d'être à ses côtés et finalement, d'avoir malgré tout, la chance d'être encore en vie pour profiter de ce genre de moment. Je réalise alors que ces derniers mois ont dû être affreux pour Iago, je n'étais absolument pas présente, physiquement j'étais là, *et encore*, mais mon esprit sombrait petit à petit. Ce regain d'énergies remet alors en question ce que je pensais avoir décidé. Quitter Iago pour lui rendre sa liberté n'est peut-être pas une si bonne idée. Il n'a pas l'air malheureux et il m'aide à tenir le coup, *et je suis amoureuse de lui accessoirement.* Je ne sais plus quoi penser, mais je décide de m'accorder un peu de répit et de lâcher prise le temps d'une demi-journée.

Iago est en pleine période de révisions, c'est l'excuse qu'il me donne pour justifier l'état pitoyable de sa chambre. Son air honteux me fait rire et je l'aide à faire un peu d'ordre afin d'être plus à l'aise. J'ai l'impression de retrouver notre complicité et la légèreté du début. Notre relation avait à peine commencé qu'elle se compliquait déjà avec le lupus. J'ai été hospitalisé, on ne s'est pas vu ou que peu et dans une chambre d'hôpital. Ensuite le quotidien ressemblait plus à des rendez-vous médicaux qu'à des rencards qu'un jeune couple devrait partager. Pourtant il est toujours là.

- Quoi ? dit-il soudainement la mine interrogée.

Je ne m'étais pas rendu compte que je l'admirai ranger ses vêtements depuis tout à l'heure.

-   Rien, dis-je alors dans mes pensées.

Il pose le tas de linge sur le lit, me tends la main que je saisis, et me relève doucement avant de m'étreindre contre lui. Je peux ressentir tout son amour dans ce câlin, mais j'y perçois aussi une certaine inquiétude. Je le serre dans mes bras et prend conscience de la larme qui coule sur ma joue et bientôt sur son épaule. Je n'avais pas réalisé à quel point on s'était éloignés et surtout à quel point il m'avait manqué.

Iago

On passe l'après-midi à regarder des comédies romantiques, *l'homme est faible je sais…*

Je ne sais pas si c'est la pluie qui rend June étrangement plus heureuse, mais j'ai l'impression de la retrouver comme au premier jour, à quelques choses près. Elle m'a tellement manquée. Je profite donc de ce moment plus que les autres, il a quelque chose de spécial, il sonne comme des retrouvailles, mais aussi comme des au revoir, c'est étrange. Caler dans mes bras

June s'est endormie avant la fin de son films préféré, je n'ose ni bouger ni éteindre la télé de peur de la réveiller. Elle semble si paisible, c'est une expression que je ne lui avais plus vu depuis un long moment. Je décide donc de réviser en attendant qu'elle finisse sa sieste, *quelle chance d'avoir pris mon ordinateur à côté de moi.*

Mais en fait je n'ai pas le temps d'ouvrir mon premier fichier qu'elle émerge doucement.

- Oh non je me suis endormie, bougonne-t-elle. Désolé…

Elle est si mignonne quand elle râle, je lui donne un baiser pour toute réponse. La pluie n'a pas cessé de la journée, ce qui nous donne un bon prétexte pour commander à manger.

Une demi-heure plus tard nous dégustons une pizza 4 fromages XL devant une film policier cette fois ! June est à fond dans l'intrigue et me fais taire dès que je veux dire quelque chose pour ne rien rater de l'histoire. Elle me fait rire, *je la retrouve enfin.* Et je l'aime, c'est indéniable, j'aime cette fille comme je n'ai jamais aimé quelqu'un *(excepté ma mère et ma sœur bien évidemment)*. J'ai le sentiment que je pourrai tout faire pour elle, tout supporter, tout accepter. *Est-ce grave docteur ?* Je devrai peut-être aller voir Mme Yong moi aussi.

*

June

- On va se coucher, suggérerai-je au générique de fin.

On passe un tellement bon moment que nous avons décidé de l'étendre le plus possible, je rentrerai demain matin.

Iago débarrasse le carton de pizza et les sodas et j'en profite pour aller me préparer pour dormir.

En fouillant dans mes affaires pour trouver ma brosse à cheveux, mon joli ensemble de lingerie bleu en dentelle tombe du sac. Je prends toujours le même pour aller chez Iago et ne le vide jamais complétement, c'est pourquoi cet ensemble encore jamais inaugurée resurgit des abysses. Je me souviens du soir où l'audace m'avait prise de le glisser dans mon sac. C'était notre première vraie soirée ensemble avant que je tombe malade. Et finalement au moment de se mettre au lit je n'avais pas eu le courage de l'enfiler. Iago ne m'a vu qu'avec des sous-vêtements les plus classiques du monde.

- June tu viens, cri-t-il alors depuis la chambre,

- J'arrive, une minute, dis-je alors en fermant la salle de bain.

Je veux lui faire plaisir ce soir, nos retrouvailles mérite bien un peu plus qu'une culotte petit bateau. Je revêtis cet ensemble bleu nuit aux coutures détaillées, attache mes cheveux en un chignon ébouriffé, ajoute un spray de brume au monoï et le rejoins non sans un peu de stress, dans la chambre au bout du couloir. La porte grinçante annonce mon arrivée et la mâchoire de Iago manque de tomber sur le sol quand il pose ses yeux sur moi. Je crois ne m'être jamais sentie aussi belle qu'en cet instant. Ses yeux le trahissent et me font part de son désir pour moi. Un désir jumelé à un amour sincère, le plus beau des combos. Torse nu en tailleur sur le lit, il me fait signe de le rejoindre, et nous nous glissons ensemble sous les draps.

- éteins, suggère-je alors.

- Hors de question de cacher cette vue, je veux pouvoir t'admirer toute la nuit June, chuchota-t-il à mon oreille.

A ces mots ma respiration s'accélère, mon pouls augmente et mon corps semble retrouver la vie. Allongés face à face nous nous admirons en silence pendant un instant, avant que nos lèvres se rejoignent presque instinctivement. C'est un baiser long et sensuel lourd de sens. Il traduit le manque de l'un et l'autre pendant ces derniers mois, mais aussi le soulagement que ce temps soit révolu, *au moins lors d'une soirée.* L'échange s'intensifie, l'air se charge et nos corps s'emplissent de désir. Ses yeux brulent d'impatience autant que mes mains qui glissent le long de son torse nu et chaud contre mes paumes. Je sens un frisson sous mes doigts, m'en demandant davantage. Sa langue trouve bientôt le creux de mon cou, puis mon épaule pour aussitôt rejoindre ma bouche. Cette torture exquise et langoureuse semble durer une éternité et je donnerai tout pour que le temps s'arrête.

Nos corps se rejoignent et très vite Iago me surplombe. Allongée sur le dos je peux admirer ses taches de rousseurs et ses yeux verts que j'ai tout de suite aimé. Nos souffles courts en réclament davantage, mais une question reste en suspens entre nous.

- Tu peux ? Tu ne vas pas avoir mal ? demande Iago, faisant allusion à mes articulations et mon corps en général, qui a perdu beaucoup de sa vitalité.

- Je n'ai pas de contre-indication, on verra bien…

- D'accord, dis-moi si ça ne va pas.

Je le rassure et l'embrasse pour lui donner le feu vert. J'effleure du bout des doigts ses bras musclés qui entourent mon visage et jubile de l'effet que je lui fais, rien qu'avec un effleurement.

- Ça fait longtemps c'est pour ça, se justifie-t-il voyant mon air satisfait.

Je ne réponds rien et me contente de venir déposer des baisers le long de son cou.

Iago

Cette fois s'en est trop, mon entrejambe ne supporte déjà plus ces contacts si brefs mais tant excitants. Je colle mon corps au sien et commence à me frotter contre elle. Elle est diablement sexy dans ses sous-vêtements jusqu'ici inconnus à mes yeux. Mes mains s'aventurent le long de son corps parfait et viennent titiller son intimité. L'attente est insoutenable, June gémit timidement sous mon contact et sa peau s'enflamme instantanément. Je meurs d'envie d'elle, mais cela fait tellement longtemps que je veux faire durer cette soirée le plus possible. Mes plans sont jetés à l'eau quand elle prononce ces mots à mon oreille : *« je t'aime »*.

Mon cœur explose, et mes sens se décuplent. Sans plus de cérémonie je lui retire sa magnifique dentelle, elle ôte mon boxer. Et nos intimités se retrouvent. Il fait tellement chaud que j'envoie valser la couette, qui retombe sur la lampe, l'a fait tomber et nous plonge dans le noir. Cela nous vaut un rapide fou rire, avant que les hostilités reprennent de plus belle. J'entre enfin en elle, et lui montre ce que je ressens pour elle à ma façon. En totale symbiose nous faisons l'amour pendant ce qui semble être la nuit

entière, et j'aimerai que ça ne s'arrête
jamais.

***

June

C'est certainement la meilleure nuit que j'ai
passé depuis un long moment, j'ignore si les
hormones libérées lors d'un acte sexuel ont
des vertus thérapeutiques et anti-douleurs,
mais c'est un miracle que mon corps m'ai
laissé tranquille toute la nuit. Je suis
complètement reposée et gonflée d'amour et
d'espoir. Je n'ai plus vraiment la certitude de
devoir laisser Iago tranquille, est-ce égoïste
que de vouloir le garder à mes côtés ?
Où est-il d'ailleurs ?
Je m'extirpe doucement du lit, réalise mes
étirements quotidiens, sans lesquels j'ai du
mal à démarrer et pars à sa recherche.
L'appartement n'est pas bien grand ce qui
facilite mes investigations.

- Iago ?

Sans réponse... Je décide de l'appeler sur
son portable. Quand le son d'une vibration
m'attire jusqu'au salon. *Merde... il a oublié
son téléphone.*

J'ignore mon appel avant de reposer le portable, quand les messages en attente attirent mon attention. Je ne suis pas du tout le genre à fouiller dans les affaires personnelles des gens, encore moins de mon petit ami mais j'ai comme un mauvais pressentiment. Je ne peux résister plus longtemps et lis les textos qui lui sont adressés.

I Message De Marc :

Mec t'es où ? on t'attendait au foot, c'est la troisième fois que tu nous mets un plan, c'est relou à force...

Reçu hier à 19 :43

E-mail De Jonathan Nerrens Boss :

Salut mon poulet, bon je sais que t'as pas mal de choses à gérer en ce moment mais j'attends ton article terminé, on doit publier lundi !

Reçu hier à 18 :23

Appel manqué de Ana, ce matin à 9 :34

Merde... mes craintes semblent se confirmer. Iago est à la ramasse, il est en retard pour le travail, lâche ses meilleurs potes, rate visiblement des rendez-vous et j'en suis la cause c'est certain.

Je sais que je ne devrais pas franchir cette limite mais j'ai besoin de savoir ce que Anaëlle lui dit dans son message.

« Salut Yaya, *Yaya sérieux ?* c'est Ana, bon alors tu m'as pas rappeler l'autre fois, je suppose que t'étais encore avec elle. Ce soir le Club organise une soirée latino j'y vais avec des copains et je me demandais si tu voulais te joindre à moi ? Pense à toi de temps en temps je suis sûr qu'elle survivra, bisous ! » *Je vais vomir…*

Un… deux… trois… respire…

A cet instant je n'arrive pas encore à analyser les émotions qui me traversent. Les larmes coulent à flot sur mon visage. Je me sens affreuse, honteuse, triste, seule.
Iago s'occupe trop de moi, une autre vie l'attend j'avais raison. Je dois le laisser. Cette Anaëlle doit avoir bien plus de chose à lui offrir que la loque qui lui sert de petite amie actuellement. Elle a raison je vais survire. *Je dois survivre.*
Sans lui.
Et l'univers ne me laisse pas le temps de réfléchir car la porte s'ouvre au même instant.

Je repose l'air trop coupable le téléphone et m'effondre à nouveau. Je dois le quitter car il ne le fera pas, et l'idée de mettre un terme à mon propre bonheur me déchire le cœur. Il a l'air affolé de me voir dans cet état mais semble comprendre directement.

- June… ?

- Je suis désolée... C'est tout ce que je parviens à dire.

Il ne répond rien, son regard m'interroge, m'implore silencieusement de ne pas faire ce que j'ai l'intention de faire. Et mon cœur se brise un peu plus.

- Reste, souffle-t-il dans mon cou, je n'avais même pas réalisé qu'il était désormais si près de moi.

- Non, je ne peux pas, tu dois vivre ta vie Iago, d'autres choses meilleures t'attendent, bien mieux que d'assister une malade à l'avenir incertain.

- Arrête, c'est des conneries, je ne veux pas écouter, tu ne comprends rien. Lâche-t-il visiblement furieux et démuni.

- Si au contraire, je sais que tout ce que tu fais pour moi tu le fais avec le cœur mais tu le regretteras je le sais, et quand tu te retourneras pour constater toutes les années perdues à avoir jouer l'infirmier à domicile, il sera trop tard.

- Non June, tu dis n'importe quoi, je sais que c'est dur pour toi tu te sens impuissante, incapable, mais bordel si tu pouvais seulement te voir comme moi je te vois…

- Et comment tu me vois hein ? j'ai pris de la distance physique pour ne pas flancher, je ne peux pas continuer à lui voler sa jeunesse.

- Mais comme quelqu'un d'extraordinaire à qui la vie à donner une épreuve injuste et qui tente chaque jour d'avancer, avec un courage et une force admirable. Je te vois comme la personne incroyable que tu es, et dont je suis tombé amoureux June.

Je pleure, je ne cesse de pleurer, ces mots devraient être les plus beaux à entendre, mais dans un moment comme celui-ci ils semblent me faire encore plus de mal.

- Tu me remercieras plus tard je te le promets.

Je ne peux rester ici plus longtemps, il faut que je garde le cap, c'est pour lui que je fais ça. Car c'est ce que font les gens quand ils aiment, ils laissent partir.

Je le contourne, frôlant son bras au passage. Quitter cet appartement et cette relation me demande le plus grand courage dont j'ai dû faire preuve jusqu'à maintenant, et je découvre aujourd'hui que même les douleurs physiques les plus insoutenables ne sont rien comparé à la douleur que je ressens dans le cœur actuellement. Tout mon corps me cri de rester ici. De me retourner de le retrouver. Mais il le faut. *Je le sais.*

MARS

June

Il existe un monde où je suis tombée amoureuse d'un garçon mystérieux rencontré entre les livres d'une bibliothèque, ce monde, je l'ai quitté il y a maintenant 3 semaines. Les plus longues de ma vie, les plus tristes, les plus vides de sens. J'ignore presque tout de lui depuis ce jour, il m'a écrit, téléphoné, il est même venu sonner chez ma mère m'a-t-elle raconté. Mais je suis restée forte, sûr de moi. Mais la vérité c'est que je n'ai jamais autant regretté une décision de toute ma vie. Pourtant je suis obligée de faire avec, il faut que j'avance.

Tout d'abord j'ai quitté l'appartement parisien de mon père, pour retrouver un foyer chaleureux chez ma mère et surtout pour éviter de sombrer. Alix et Emmy sont très présentes, même si la plupart du temps je rejette leurs appels et refuse de parler. L'avantage quand on a de vraies amies comme elles, c'est qu'on n'a pas besoin de parler, elles savent.

J'ai dû trouver des occupations rapidement, autrement mon cerveau et ses maudites pensées obscures ne me laissais pas en paix. Comme il m'est difficile de me déplacer seule, ma forme variant de jour en jour, j'ai décidé de donner des cours en ligne, j'aide des collégiens la plupart du temps. Ça m'occupe quelques heures par semaine, et à côté je lis beaucoup, *plus qu'avant*, et je continue d'étudier la psychologie à ma manière. Les jours passent et se ressemblent malheureusement, sauf peut-être quand je vais à l'hôpital, je ne sais jamais avec quel genre de nouvelle je vais en ressortir. Je ne voulais quand même pas que ces rendez-vous presque quotidiens deviennent source d'angoisse, c'est pourquoi je fais partie de l'association Aida pour aider les enfants malades. Il faut croire qu'on se comprend assez bien. Tous les mercredis je passe l'après-midi avec eux, à faire des jeux de société, du dessin, ou juste pour leur tenir compagnie. Ces visites sont à double tranchant, j'en ressort soit pleine d'espoir et d'admiration pour ces petits bouts qui affronte déjà la vie avec tant de forces, tantôt je rentre chez moi le moral dans les chaussettes, déprimée que la vie soit si injuste. Voilà ma vie, *non vraiment elle ne fait pas rêver je vous l'accorde.*

Iago

- Cul sec, cul sec, cul sec !! hurlent en cœur des mecs que je ne reconnais pas autour de moi.

J'ai complétement perdu la notion du temps et de l'espace. *Où suis-je bordel ? Il est quelle heure ? On est quel jour ?*

Le type à ma gauche me soule tellement que je fini par ingurgiter ce liquide vert d'une traite.
La foule m'acclame et moi je me casse. Je n'en peux plus.
Je fais des pieds et des mains pour me dégager de cet espace bien trop encombré de gens bien trop bourrés, et sors enfin de cette baraque. Quand j'ouvre la porte, la lumière du jour m'assaille et je dois prendre quelques secondes avant de pouvoir ouvrir les yeux. Soudain la mémoire me revient un peu, je suis chez Micka un pote d'Anaëlle, il organise toujours des soirées dignes de projet X, l'endroit idéal pour oublier. Je m'empresse d'appeler Anaëlle qui, si mes

souvenirs sont bons, n'est même pas venue
à la fête hier.

*

- Putain Iago tu déconnes vraiment, gronde-t-
elle lorsque je pose mes fesses sur le siège
passager, t'as vu l'heure sérieux, t'as encore
4 grammes dans chaque bras là !

Elle fulmine, je sais qu'elle fait de son
mieux pour être une amie présente et
réconfortante, mais voir que ses efforts sont
réduits à néant par ma lâcheté la met hors
d'elle. Je la comprends, je suis devenu le
type que je frappe en soirée d'habitude,
avant. Ma vie n'a plus de sens sans elle. Je
me laisse complétement aller, trop même.

- Oh Iago ! reprend-elle, tu comptes te
lamenter et gâcher ta vie comme ça encore
combien de temps ? Ressaisi toi bordel. June
t'a quitté, je suis désolé, mais accepte-le, tu
n'as pas le choix.

Je considère vraiment ses remontrances, elle
a raison, mais je n'en ai pas la force, pas
encore. Déjà 23 jours sans avoir de ses
nouvelles. Marc refuse désormais de faire le
messager et d'aller cueillir des infos auprès

d'Alix, il dit que ça ne me fera avancer à rien, *lui aussi a raison je suppose.*
Anaëlle me dépose chez moi, je fonce à la douche et rejoins mon antre qui n'a pas vu la lumière naturelle depuis que June l'a quitté trois semaines plus tôt.

- Je te préviens, c'était la dernière soirée, je te laisse décuver et demain on remet de l'ordre dans ta vie. M'annonce Anaëlle sur le pas de la porte de ma chambre. Je suppose que je n'ai plus choix, elle ne reviendra pas, *il faut avancer.*

*

Une vibration incessante me tire de mon sommeil, j'ai l'impression de m'être endormi il y a dix minutes, mais je comprends que la journée commence quand je lis le nom d'Anaëlle sur l'écran de mon portable…

- Allo ? dis d'une voix endormie,

- Salut, il est 9 heures ton programme de remise en forme commence maintenant, lève-toi je passe te prendre dans 30minutes.

- Pour quoi faire ? répondis-je ne faignant aucun enthousiasme.

- Tu verras, allez à toute !

J'adore Anaëlle mais je la trouve très présente depuis ma rupture avec June, cela dit elle m'aide à supporter un peu mieux la douleur de son absence. Mais aujourd'hui je n'ai aucune envie de la voir et encore moins en tant que coach de vie personnelle, je m'en sors très bien tout seul, *ou pas*.
La première étape de cette remise en forme est une partie de foot en salle avec les gars, et je dois avouer que ça me fait un bien fou de les revoir, même si je manque de perdre mes poumons dès la première mi-temps. J'avais complétement laissé tomber mes activités ces dernières semaines. Je ne faisais que boire et dormir, et travailler quand j'en avais la force. Heureusement Jonathan m'a mis en arrêt maladie alors qu'il aurait très bien pu me virer. Finalement je ressors de cette séance de sport plus revigoré que jamais, Ana a raison je dois me reprendre en main. Et tout compte fait j'apprécie sa présence, *je crois*. La suite du programme est bien moins pénible que je ne l'avais imaginé, nous allons chez le coiffeur, et c'est seulement en m'asseyant devant le

miroir que je constate la touffe ébouriffé et terne qui trône sur mon crane.

Maintenant que je suis un homme neuf aux contours impeccables nous allons déjeuner au restaurant, et j'ingurgite pour la première fois depuis trop longtemps un vrai repas sain et équilibré. Cette journée me fait le plus grand bien, nous discutons beaucoup avec Anaëlle, je peux me confier à elle et il faut croire que parler de ce qui nous peine rend la chose moins douloureuse. J'ai l'impression que je peux commencer à accepter son absence et vivre presque normalement. Pour finir sur une note plus productive nous passons au bureau et Ana me fait un brief des articles en cours et des projets à venir. J'en profite pour passer voir Jonathan et m'excuser pour mon manque de sérieux.

Il est 19h quand je pose enfin mes fesses sur mon canapé, cette journée m'a autant épuisé que revitalisé. J'envoie un message à Anaëlle et l'invite à diner dans la semaine pour la remercier pour son soutien ces derniers temps. C'est une personne formidable, et qui finalement, est arrivée dans ma vie au bon moment.

June

Ces derniers jours le réveil est de plus en plus compliqué, je sens mon corps s'affaiblir, je sais que le traitement peut engendrer de nombreux effets indésirables mais j'avais été plutôt tranquille jusqu'à maintenant, si ce n'est quelques troubles digestifs et de nombreuses migraines. J'ai justement rendez-vous à l'hôpital cet après-midi pour mon contrôle hebdomadaire. On constate l'évolution du lupus et des organes affectés mais aussi comment mon corps supporte le traitement. Jusqu'à maintenant mes articulations étaient le plus touchés, avec aussi des inflammations cutanées. Le jour de contrôle est le pire de ma semaine, je redoute toujours qu'on constate encore plus de dégâts et crains de ne pas pouvoir encaisser le coup à chaque fois.

- Bonjour June, comment ça va aujourd'hui ? me demande l'infirmière qui me reçoit à chaque fois. Elle a toujours un air enjoué qui me fait sourire, et je l'admire d'être si positive dans ce cadre de travail.

- Ça peut aller, *mon enthousiasme est bien moins contagieux…*

- Comment se sont passer les étirements ce matin ?

- Assez compliqué, mes jambes se raidissent de plus en plus…

- On va aller faire une radio et docteur Marks viendra t'ausculter d'accord ?

D'accord ou pas je suis Hélène dans le couloir qui mène aux salles de radiologies, j'enfile la superbe robe dos *(et fesses)* nu matière chiffon usé et m'assoie sur la plaque froide. Toute la machinerie médicale est braquée sur moi. *C'est parti…*

J'ai bien vu que quelque chose n'allait pas, ils ne sont jamais aussi long à m'apporter les résultats des radios. L'air grave du docteur et la mine désolée de l'infirmière Helene m'annonce avant leurs mots que c'est une mauvaise nouvelle.

- Je suis désolé…

Digne d'un film dramatique cette phrase non ? Après m'avoir assommé de termes médicaux incompréhensible, le médecin dépose le dossier sur le siège à côté de moi et s'en va, *certainement une autre urgence.*

Je peine encore à réaliser que l'infirmière revient déjà avec les béquilles entre les mains. J'ai bien envie de me pincer pour me réveiller, *mais c'est bien réel...*

De ce que j'ai compris le traitement, qui n'en n'est pas vraiment un, a attaqué mes muscles et mes articulations d'une façon assez violente, et mon manque d'activité n'y arrangeant rien, je vais bientôt perdre l'usage de mes jambes. On m'offre des béquilles et une chaise roulante, *quel cadeau !* Mes jambes peuvent lâcher à tout moment, en me levant, lors d'une crise, on n'en sait rien. Mais une chose est sure : ça va arriver, je suis trop affaibli pour tenir plus longtemps. Je récupère également un tas de papier et d'ordonnances, qui limiteront la casse si je puis dire.

La bonne nouvelle dans tout ça, ou du moins l'espoir, c'est que cette perte de motricité n'est pas forcément définitive, le lupus évolue en phase montante et descendante, quand il se calmera il se peut que j'arrive de nouveau à marcher.

Entre temps Alix est arrivé, je ne sais pas pourquoi j'ai souhaité qu'elle soit là ce soir alors que je ne l'ai jamais appelé pour sortir de l'hôpital. Elle me serre fort dans ses bras et je suis presque sûr de la voir s'essuyer les joues du coin de l'œil. J'ai l'étrange impression d'être extérieure à toute cette situation bien qu'elle me concerne plus que n'importe qui en ce moment. C'est comme si j'observais ma vie défilée depuis des mois, en tant que spectatrice. Je n'ai plus pleuré depuis mon départ de chez Iago, c'est la dernière fois que je me souviens avoir ressenti des émotions…

CHAPITRE 21

TOURNER LA PAGE

June

tzut *tzut* *tzut* roh pourquoi ça vibre comme ça ?

J'émerge doucement de cette sieste qu'on pourrait presque qualifier d'hibernation. Mon téléphone fait la samba sur la table basse. Je décide de jeter un œil, QUOI ?

Toutes les notifications s'avèrent être de nouveaux abonnements à mon profil Instagram. Plus de 500 au total. Je n'y comprends rien. Puis je découvre une fois sur la plateforme que le compte de l'association Aida a posté une stories de moi avec les enfants ce matin, ils m'ont identifié et j'ai visiblement fait un carton… ça fait tout drôle.

Dans les minutes qui suivent je reçois justement un message de ma marraine de l'association :

De Lucile.CoAidaAssos

Coucou ma belle, j'ai vu que ton profil faisait sensation, qu'est-ce que tu dirai de devenir ambassadrice officielle de l'assos'. Il s'agirait de promouvoir nos actions et sensibiliser les gens grâce à ta visibilité sur les réseaux. Tu pourras aussi parler de ton cas je suis sûre que ça en aidera plus d'un. Puis qui sait peut-être qu'on te verra au prochain festival de cannes (c'était une blague ne devient pas comme tous ces influenceurs pitié).

Il y a définitivement trop d'info dans un seul message. Je décide de couper les données cellulaires de mon téléphone, me mettre en mode avion *(ça devrait suffire)* et filer sous la douche. *Enfin filer, c'est un bien grand mot…*

Cette brusque nouvelle a presque failli me faire oublier mes nouvelles amies. Je saisie les béquilles posées sur le tapis et m'extraie difficilement du sofa. Dès que je pense à mon état, j'ai envie de pleurer, il y a de fortes chances pour que d'ici peu un gros fauteuil roulant remplace ces deux-là.

Je reste couper du reste du monde toute la journée, ça fait un bien fou de ne pas me comparer à ce que je vois sur les réseaux. Les jeunes de mon âge font la fête, du sport et tant d'autres activités que je n'ai plus la capacité de faire. *Déprimant…*

Mes muscles s'affaiblissent tellement que je commence à ne plus vraiment sentir mes jambes, en revanche ma tête est affreusement douloureuse, accompagnée de spasmes au niveau des bras et des mains. Mon corps déraille complétement, et parfois je me surprends à espérer qu'il s'arrête complétement de fonctionner. *Au moins je ne souffrirai plus.* Je suis seule à la maison, et le silence est pesant, mon esprit s'engouffre dans un trou noir dont je ne connais pas l'issu de secours. Mes séances chez la psy commencent à dater puisqu'elle est en vacances, et j'en ressens déjà les effets secondaires. Déjà que ce n'est pas tous les jours la joie, mais depuis que j'ai appris que j'allais perdre l'usage de la moitié de mon corps je semble dépérir avec lui. Il faut que j'arrête de penser, passer à autre chose, tourner la page… *est ce que je parle encore de mes jambes là ?*

Iago

- Iago j'ai Jerry sur la ligne 1 tu prends ? m'interrompt Annaëlle avec son sourire contagieux.

Je suis débordé de travail depuis que j'ai repris une activité normale. La revue sportive cartonne et on fait de plus en plus de vue sur les réseaux sociaux, c'est génial ! Je suis en pleine réunion avec l'équipe de production pour notre prochain tournage, mais je m'éclipse pour prendre l'appel.
Jerry est le responsable diffusion il gère les contrats avec les imprimeurs, vidéaste, chaine de télé ect.

- Allo ?

- Iago c'est ça ? je suis Jerry le resp…

- Oui oui on m'a dit, c'est pour ?

- Ah… j'ai une offre à vous faire, Jonathan est au courant mais je tenais à vous l'annoncer moi-même.

- Je vous écoute,

- Canal + a accepté de nous caler un créneau de 10 min un soir par semaine pour notre projet d'émission…

- Oh c'est génial !

- Oui, et je voudrai que ce soit toi le directeur de projet, tu connais le taf, tu maitrise le sujet comme personne et tu as un bon relationnel avec les équipes.

- Ok carrément, waouh je suis flatté !

- Il y a juste une chose…, glisse-t-il prudemment.

*

Je raccroche avec Marc dès que la porte d'entrée s'ouvre. J'accueille ma mère avec une énergie particulière qui ne manque pas de l'interpeller. J'ai le trac, depuis la proposition de Jonathan et Jerry, je pèse les pour et les contre dans tous les sens, *je ne sais pas quoi faire*. J'ai besoin de ma mère pour m'aider à prendre cette décision. C'est clairement le poste de mes rêves, entre les recherches, les interviews et le côté créatif lors des tournages, c'est une opportunité qui serai vraiment ridicule de laisser passer. Mais, partir m'installer à Londres, *seul*, loin de la seule famille qu'il me reste... *je ne sais pas*. Il est question de partir un an pour l'instant, Jonathan possède déjà des bureaux là-bas, avec appartement. Je n'ai plus qu'à poser bagages. J'explique tout à ma mère et lui déballe mes craintes sur le tapis, elle reste silencieuse et quand j'ai fini mon speech, elle pose une main délicate sur mon épaule et dit :

- Niño… je suis fière de toi.

Cette simple phrase suffit à me donner la réponse. Après tout ce que nous avons traversé, je ne veux pas abandonner ma mère. Mais son regard me promet à cet instant que tout ira bien, et que je dois vivre ma vie. M'envoler. *Et surtout tourner la page...*

June

Mon moment préféré de la semaine est arrivé mais je redoute de croiser Lucile dans les couloirs, je n'ai pas répondu à son dernier message qui me proposais clairement de me lancer sur les réseaux sociaux. Ce n'est pas que je refuse, mais je ne suis pas sûr d'accepter pour autant. Je suis bien trop timide et banale pour intéresser les centaines de personnes qui se sont abonnés à moi. Je rejoins les enfants dans la salle de sport, et les aide à effectuer leurs exercices quotidiens, avec eux le temps passe à toute vitesse, et j'oublie même ma situation. Je pense à eux et j'ai la sensation d'être utile. C'est agréable.

Je repense alors à la proposition de devenir ambassadrice de Aïda, ce genre d'association manque tellement de gens et de moyens, je serai ravie de les aider.

*

Ah elle est là ! Après des heures d'investigations, *ça doit faire 10 minutes que je cherche*, je mets enfin la main sur ma ringlight. J'avais acheté ce gadget quand j'avais 15 ans pour faire comme toutes ces filles sur tiktok, à la différence que je ne savais pas danser et que je n'osais rien poster en public, résultat ce joujou est resté au placard. Mais aujourd'hui il va me servir, pour de vrai ! La nuit est en train de tomber, je manque de luminosité, mais c'est le moment que j'ai choisi pour tourner ma vidéo d'annonce. Je branche mon matériel, test différents angles de vu, m'assoie puis me relève, attache mes cheveux pour finalement les laisser sur mes épaules. Je pense que je suis prête. Je déclenche le retardateur, 3…2…1…

- Salut tout le monde, moi c'est June, et je suis la nouvelle ambassadrice d'une association que j'adorerai vous présenter…

Je continue mon petit cinéma très naturellement et c'est en fait beaucoup moins intimidant que ce que pensais.

A Lucile Assos :

Coucou, j'ai réfléchi à ta proposition, comme vidéo de présentation ça te va ?
Bisous

Envoyé à 19 :47

Je reçois pour toute réponse une ribambelle d'emoji visiblement très satisfait, je prends ça pour un oui.

Ma vidéo fait beaucoup de vue très rapidement et je reçois énormément de messages, d'abord de connaissances qui s'étonnent de me voir dans leur fil d'actualité, puis des inconnus qui me demande des renseignements sur l'association, je suis ravie !

Iago

J'ai annoncé à mes supérieurs que j'acceptais l'offre pour Londres, ils sont évidemment ravis et me transmette très rapidement les informations dont j'ai besoin. *Ça devient vraiment concret…*
Je décide de laisser tous ces mails et messages de côté et décide d'appeler ma sœur, enfin d'essayer. Elle est dans une région vraiment paumée du Mexique, aucun réseau ou presque… Je tente de joindre le téléphone local de mon oncle, au bout de trois échecs de connexion quelqu'un décroche. Je ne comprends pas un mot et répète plusieurs fois « alma por favor ». La dame à l'autre bout de la ligne semble

comprendre et crie avec son fort accent du sud le prénom de ma sœur.

- Holà ?
- Alma, c'est Iago !

- Iago ! Tout va bien ? s'inquiète-t-elle soudainement.

Je ne l'appelle jamais car nos communications par téléphone lui coutent très chers là-bas.

- Oui vraiment très bien, je ne vais pas être long, pose des vacances pour recevoir ton vieux frère je débarque bientôt !

- Como es ? m'interroge-t-elle dubitative,

- Je t'expliquerai, bisous je t'aime

- Te quiero mas

La ligne coupe. Ouf… c'était moins une.

J'ai un mois pour préparer mon départ, et je compte faire ça du Mexique ! Ça fait trop longtemps que je n'ai pas vu Alma, elle me manque énormément. En acceptant ce poste je vois aussi mon salaire augmenter, sans compter que je serai logé une fois là-bas, je peux donc me permettre de mettre une partie de mes économies dans les billets d'avion.

Je suis surexcité et comme un réflexe j'appelle Ana pour lui annoncer la nouvelle. Elle se réjouie pour moi et m'annonce qu'elle m'accompagnera à l'aéroport.

R O U V R I R L E L I V R E

Iago

C'est le grand jour ! Enfin, le grand jour avant LE grand jour. Mon avion décolle à 15h pour Mexico, Anaëlle a dormi chez moi et m'aide à boucler ma valise. On se rapproche beaucoup ces deniers temp, mais je n'arrive pas à savoir si elle espère autre chose, moi je ne suis pas sûr d'être prêt. Je chasse ces interrogations de ma tête, ce n'est pas le moment. Je veux partir l'esprit libre, ces vacances sont certainement les dernières avant un long moment, je veux en profiter à 100%.

En ce mois de mars pluvieux et froid, c'est extrêmement réconfortant de sortir des bermudas et des tee-shirts de son placard. Anaëlle a été très prévoyante et glisse une trousse pharmacie dans mon sac.

- Ça c'est de l'anti-moustiques de compet' tu verras. J'ai aussi mis ça, dit-elle en me montrant une boite qui ressemble étrangement à un médicament pour les troubles digestifs.

- Ils mangent épicé là-bas bas on ne sait jamais, ma taquine-t-elle.

- Je vais m'en sortir, c'est gentil, la remerciai-je en lui déposant un bisou sur la joue.

Le regard en coin qu'elle m'adresse me perturbe un peu, je crois y voir une nouvelle lueur, *pas d'espoir j'espère…*

C'est l'heure de partir, Anaëlle m'attend dans la voiture, je prends 1 minute pour aller regarder les stories de June, c'est une mauvaise habitude que j'ai prise quand elle a commencé à publier régulièrement. Je suis tout, j'écoute chacune de ses vidéos et like toutes ces photos avec les enfants. Je sais que je ne devrai pas, mais ça me donne l'impression d'être encore proche d'elle.
Le klaxon retentit, je range mon téléphone dans ma poche, comme un enfant pris la main dans le pot de confiture.

June

Aujourd'hui, c'est une journée sans comme je les appelle. Après ma matinée à l'hôpital je suis rentré pour déprimer dans mon canapé. Je suis épuisée, les médicaments me rendent malade et m'empêchent de dormir, je suis donc très irritable et ne supporte rien. Notamment mes putains de béquilles et mes putains de jambes qui ne servent à rien. Je consomme passivement un tas de vidéos inutiles quand une notification retient mon attention.

Iago.2 a liké votre stories

Mon souffle se coupe à la lecture de ce prénom et je prie pour que ce soit lui. D'habitude je ne regarde jamais en détails les personnes qui aime mes publications, surtout dans le flux de notifications que je reçois tous les jours.

Je consulte le profil, *c'est lui*. Je l'avais supprimé de mes amis dès le soir de notre rupture. Je savais qu'il ne fallait plus que je suive son quotidien. Mais je constate qu'il est toujours abonné à moi et suit de très près mon contenu.

Il a une seule nouvelle photo sur son profil depuis qu'on s'est séparé, *que tu l'as quitté June !*

C'est une photo prise certainement lors une soirée, il tient une personne sous chaque bras, je reconnais Tao mais pas la fille à sa droite, qui le *regarde mhhh...*

amoureusement ? La bile me monte je n'aurai jamais dû regarder ça, *je le savais.*

Malgré le sentiment de trahison qui m'envahit à ce moment-là, *et que je n'ai pas le droit de ressentir*, la jalousie et la curiosité l'emporte, je clique sur les identifications et regarde le profil de cette fille. Elle est en privé évidemment, je n'apprends que son prénom, Anaëlle, *A-na-ëlle...*, ça ne m'avance pas beaucoup.

J'ai envie de pleurer, de disparaitre, j'ai quitté la seule personne que je n'ai jamais aimé et je la vois maintenant refaire sa vie pendant que moi je sombre. Ça me déchire le cœur. D'habitude je préfère m'enfermer dans ma chambre et pleurer, mais à cet instant je ressens le besoin d'être auprès de quelqu'un qui me comprends. Je monte aussi vite que je le peux dans ma chambre pour préparer mon sac de voyage.

Direction Lyon, Emmy est la seule à pouvoir me réconforter.

J'envoie un message à Alix la suppliant de m'emmener à la gare, auquel elle répond « oui » presque immédiatement, sans poser de question. Je choppe le sac que j'avais pour mon séjour à l'hôpital d'il y a quelques mois, et me rend compte que je ne l'ai jamais complétement vidé. Je jette par terre ce qu'il contient encore, un vieux tee-shirt, une paire de chaussette et ma brosse à cheveux, *elle était là en fait !* Mon cœur manque un battement quand je sors du sac Symbiosa… Nous nous étions échangé nos livres préférés avec Iago, c'était censé nous rapprocher, apprendre à nous connaitre, je crois que ça n'a pas suffi. Je suis tenté de le balancer par la fenêtre mais un bout de papier rose attire mon attention. J'ouvre le livre à la page du post-it :

Je tombe sur la page du premier chapitre où est annoté à la main « *Je sais que tu connais l'histoire par cœur alors j'ai rajouté ma touche* », une larme monte mais je continue de parcourir les pages. Elles sont chacune annotées à la main, des petits mots, des dessins, des cœurs, des citations, chacune écrite par lui, penser par lui… *Je pleure à chaude larme.*

Mais c'est la dernière phrase écrite sur la dernière page du livre qui m'achève : « *Je ne croyais pas vraiment en cet « Autre » qui nous est soi-disant destiné, puis je t'ai rencontré…* »

Je tombe dénue. Je perds toute notion de temps et d'espace. Je me laisse tomber sur mon lit et pleure, j'ai l'impression d'enfin extérioriser tout le mal que je ressens depuis qu'il n'est plus là.

Le klaxon d'Alix me fait sursauter, et le déclic arrive. Je saisis le livre, mon sac et mes chaussures et cours dans la voiture.

- Changement de plan, on va à l'aéroport.

- Bonjour, avec plaisir ma petite dame, Alix tente l'humour mais mes yeux rouges et congestionné lui font tout de suite comprendre que l'heure est grave.

Je ne lui explique rien du trajet, je ne pense qu'a une chose le retrouver. En espionnant son profil j'ai vu sa stories « direction CDG », je n'ai pas réfléchi à s'il avait déjà décollé, je prie simplement pour qu'il soit encore là quand j'arriverai.

*

Alix me jette au dépose minute, j'ai refusé qu'elle m'accompagne malgré ma difficulté à marcher avec mes béquilles. Je traverse le grand hall et repère tout de suite la porte d'embarquement pour Mexico, je ne sais pas comment, mais je sais.
Il part voir sa sœur, c'est sûr !

La vie semble me sourire la porte A n'est qu'à quelques mètres de l'entrée, et je le vois, au loin, dans la file d'attente, je le reconnais même de dos… Il a toujours ses cheveux en bataille et je m'imagine déjà y glisser mes doigts. Je n'ai jamais été aussi sûre de moi mais en même temps aussi perdue. J'avance vers lui sans trop savoir ce que je vais faire, alors je m'arrête un instant et l'observe de loin en attendant de trouver le courage d'aller lui parler.

Mais on me devance, du coin de l'œil je repère la fille de la photo se diriger vers lui, un café à la main. Je ne peux pas entendre leur conversation de là où je suis, mais je ne loupe pas son sourire béat lorsqu'elle lui tend sa boisson.

Ils restent à une distance raisonnable l'un de l'autre, mais je n'ose plus bouger, et je ne sais plus quoi penser.

Part-elle avec lui ? Sont-ils vraiment ensemble ? Pourquoi n'y ai-je pas réfléchi plus tôt ?
Parce que tu n'as pas réfléchi du tout imbécile !

Je suis complétement pétrifié, j'attends un signe, *lequel je ne sais pas.*
Une annonce retentit, les passagers pour Mexico sont invités à embarquer. Mes larmes montent, *encore.* Iago n'a pas encore avancé mais je sais déjà que c'est fini, il a refait sa vie. Je n'en fais plus partie, je n'ai

plus qu'à accepter d'avoir pris la pire décision de ma vie. La foule de passagers commencent à avancer, c'est l'heure des au revoir, je ne veux pas voir ça. *Alors pourquoi je regarde ?*

Iago saisi son sac posé par terre et le balance sur son dos, la fille consulte sa montre comme pour contenir un certain stress, ils se regardent un instant, et je pourrai presque sentir l'air se charger entre eux. La fille se hisse légèrement sur la pointe des pieds et dépose ses lèvres sur les siennes. Mon monde s'écroule, je perds pieds, ma tête tourne et je prends soudainement conscience de la situation, *je n'ai rien à faire là.*
Je me dirige alors vers la sortie, plus rien n'existe autour de moi, il n'y a plus de bruits, *plus de mouvements, plus personnes...*

2 ans plus tard...

June

Enfin dimanche ! Cette semaine fut très chargée ; entre les portes ouvertes de la fac, je songe à reprendre mes études maintenant que ma santé est plus stable, les journées avec les enfants à l'hôpital et les rendez-vous pour mon projet, je suis épuisée. Bien que je sois débarrassé des béquilles et du fauteuil qui les a succédés, mes muscles se fatiguent vite et j'ai besoin de beaucoup de repos. Il est 10 heures passé quand j'ouvre les volets de ma chambre, ma mère a dû m'entendre car dans la seconde qui suit elle débarque dans ma chambre un chapeau d'anniversaire sur la tête :

- JOYEUX ANNIVERSAIRE MA CHERIE, on pourrai se demander si je fête vraiment mes 20 ans au vu de la scène.

Elle me serre chaleureusement dans ces bras et me couvre de bisous comme quand j'étais enfant. Au fond j'espère qu'elle a vraiment respecté la tradition et que des pancakes tout chauds m'attendent au rez de chaussé. Je lui rends son câlin avant de me lever du lit, et d'effectuer mes étirements quotidiens. Comme espéré, mon petit déjeuner favoris m'attend, accompagné de mes petits frères qui m'apportent mes cadeaux. J'ouvre d'abord celui de Noah, c'est devenu un vrai ado il a dû prendre au moins 10 centimètres et ses cheveux ont pris du volume proportionnellement à sa taille. Je déballe le petit paquet et découvre une jolie trousse de toilette avec l'inscription « travel », j'avoue être intriguée car je ne voyage pas beaucoup mais le remercie vivement de cette attention. Raph lui est devenu plus distant avec moi, à 17 ans c'est un vrai jeune homme et il refuse toutes marques d'affection de la part de sa famille, je suppose que c'est une période normale. Recevoir un cadeau de sa part me fait donc davantage plaisir, j'ouvre le petit sac et en sort une paire de gant très jolie. Je les embrasse tendrement quand on toque à la porte. J'interroge ma mère du regard, *qui peut bien nous déranger un dimanche ?*
Elle me sourit l'air satisfait et se précipite pour ouvrir.

Je rejoins l'entrée et voit alors mes deux meilleures amies entrer en trombe :

- SURPRISE !!

Alix et Emmy se jettent à mon coup et me souhaite un joyeux anniversaire à multiples reprises.
J'ai à peine le temps de réaliser qu'elles m'ordonnent de préparer ma valise et me conseille de prendre avec moi mes nouveaux cadeaux.

*

Deux heures plus tard nous sommes à l'aéroport, et je ne connais toujours pas la destination. Mais peu importe où l'on va, je suis surexcitée.

*ding*dong*

« Les passagers pour Londres Gatwick sont priés de rejoindre la porte d'embarquement E… »

LONDRES ! youyouuuuu !

Qui ne rêve pas de voir Londres en décembre ? Les décorations de noël, la neige *(j'espère)* et les bus rouges…J'ai trop hâte.

Iago

C'est un début de semaine très ordinaire, il pleut à Londres, comme d'habitude. J'enfile mon nouveau pantalon crème que j'accorde avec un pull en grosse maille blanche, je me couvre de mon long manteau favori depuis que j'habite ici, saisi ma sacoche d'ordinateur, je suis prêt ! Ana dort encore, c'est son jour de repos, j'entre délicatement dans la chambre lui dépose un bisou sur le front comme tous les matins et file aux bureaux. J'adore mon travail, les projets s'enchainent, la boite grossie à vue d'œil et je gère ma section d'une main de maitre, *ce sont les mots de Jonathan !*

Ma vie a énormément changé en seulement deux ans, un travail stable et à responsabilités, une vie de couple posée dans un pays qui n'est pas le mien, tout ça à seulement 23 ans je suis fière de moi.

Pourtant, il m'arrive parfois de repenser à avant, il est vrai que j'ai bien vite laissé tomber les soirées, les copains et toute cette agitation parisienne. Je ne dirai pas que ma vie est devenue plus ennuyante, seulement plus… *stable.*

Les bureaux sont à 10 min de métro de l'appartement c'est idéal. Je profite de ce moment pour naviguer sur les réseaux sociaux, comme promis j'ai arrêté de suivre June, *il n'y a pas si longtemps en réalité.*

Le jour où Anaëlle m'a surpris en train de regarder ses vidéos en cachette j'ai compris que je devais arrêter de garder un œil sur sa vie. Je la voie quand même passer de temps en temps, elle est devenue une vraie influenceuse, elle parle de littérature, des handicapes, de sa maladie, je la trouve épanouie et surtout très mature, *trop peut-être pour son jeune âge.*

Bref, c'est là que je descends.

Au programme du jour, casting pour une pub de tee-shirt de sport. Depuis mon arrivé à Londres les activités de JNedition se sont étendues, nous avons ouvert la filière JNsporting dont je suis le gérant. On crée des reportages autour du sport, des prestations publicitaires pour des marques, et bien sûr toujours des articles pour la revue papier.

Je suis très épanoui dans mon quotidien même si la charge mentale et le stress sont importants.

Les candidats défilent, tous plus musclés et prétentieux les uns que les autres, je suis rapidement fatigué par tant d'énergie masculine et laisse mon assistant gérer ce petit monde.

June

Le réveil est dur, nous avons profité de notre première soirée ici avec des Néerlandais rencontrés dans un bar, je crois d'ailleurs qu'il me manque quelques souvenirs de la fin de soirée.

Je retrouve mon portable sous mon oreiller, bonne nouvelle nous sommes bien dans notre airbnb. La faible luminosité qui traverse les rideaux m'indique qu'il fait jour, mais le temps pluvieux de Londres ne me permet pas d'avoir une idée plus précise de l'heure qui peut être.

Emmy ronfle encore à côté de moi tout comme Alix dans le lit d'en face. La soirée d'hier n'a pas été de tout repos et mes jambes sont douloureuses, je décide d'aller marcher un peu. Il pleut averse dehors, j'enfile mon ensemble noir en maille un peu style pyjama que je cache d'un imperméable à capuche. Je ne risque pas d'attirer l'attention dans cette tenue, j'ai la mine grise et des cernes violacées. Je passe un coup d'eau fraiche sur mon visage et c'est parti.

Je déambule dans les rues de Londres et l'air frais bien qu'humide est revigorant. Je m'arrête dans un petit café rempli de décorations de noël assez kitch. Je commande un café à la vanille et deux cookies aux noisettes et caramel. Je m'installe à une petite table près de la baie vitrée et observe l'agitation des rues en ce milieu de journée.

Iago

Je ne suis pas vraiment d'humeur à manger avec les collègues ce midi. Toute cette ambiance de noël me rappelle que je suis loin de ma famille et ça me fou le moral dans les chaussettes. Ma mère est toujours à Paris, mais elle n'est plus seule maintenant, elle a rencontré un type bien d'après elle, et ils vivent ensemble en quelque sorte. J'attends quand même de le rencontrer pour être complétement rassuré. Ça va faire presque 6 mois que je ne suis pas retourné en France, j'ai trop de boulot et quand j'ai du temps j'essaie de le passer avec Ana.

Alma habite encore au Mexique avec son copain, ils se sont installés en bord de mer, où elle travaille dans un club de plongé, je crois qu'elle est enfin heureuse. Même si le bonheur de mes proches fait le mien, elles me manquent énormément.

Ma nostalgie me mène dans un petit quartier où je n'avais encore jamais mis les pieds. Je décide de laisser ces pensées derrières moi et de profiter de la beauté des rues illuminées, *même à midi...*

Mon attention est retenue par la jolie devanture d'une bibliothèque, je n'ai plus pris le temps de lire ces dernières années mais j'aime toujours autant les romans policiers, je décide alors d'y rentrer. Un silence de mort règne dans la boutique et seule la cloche que je fais sonner en ouvrant la porte vient perturber cette ambiance. Ça me rappelle soudainement la bibliothèque où j'avais emmené June quand on s'est rencontré. Je m'en veux de repenser à elle si facilement, je suis heureux avec Anaëlle mais c'est comme si j'avais laissé un bout de moi avec cette histoire, *et que parfois elle m'appelait*. Je parcoure les allées jusqu'à trouver ce qui m'intéresse, les nouveautés rayon polar.

June

Cette petite pause avec moi-même m'a fait le plus grand bien et je suis prête à profiter de cette première vraie journée à Londres avec mes amies. Je quitte le café sans oublier de laisser un Tips à la vendeuse.

Je lance le GPS pour retrouver mon chemin jusqu'à l'appartement, mais n'étant pas pressée pour autant j'en profite pour admirer toutes les décorations de la ville. Je passe devant une petite bibliothèque à la devanture très authentique, ni une ni deux je rentre en faisant sonner la petite cloche qui me rappelle de vieux souvenirs…

J'ai l'impression qu'il n'y a personne, alors je me balade dans les allées sans but particulier. Je m'arrête inévitablement au rayon des romanes et fouille du regard un titre qui pourrait m'inspirer. Je m'arrête

alors devant un livre à hauteur de mes yeux,
je reconnais le nom de l'auteur et ça fait bien
longtemps qu'il n'avait rien sorti.

Iago

Je reste un moment à scruter les étagères
dans cette atmosphère assez étrange, quand
la cloche brise le silence. Je n'entends rien
de plus, à croire que la personne marche
pieds nus. Je n'en tiens pas compte et
continuer de lire les tranches jusqu'à trouver
le livre que je cherchais, une sortie récente
dont j'ai entendu parler à la radio, je saisi le
livre pour en lire la quatrième de couverture.

Lorsque je relève la tête pour remettre
l'ouvrage à sa place, un trou me fait face, le
livre du rayon d'en face a été retiré lui aussi
et j'aperçois quelqu'un le feuilleté.

June

Je passe rapidement les pages en revue mais l'écriture est affreusement petite, je le repose imm…

Quelqu'un se trouve de l'autre côté du meuble et a enlevé le livre voisin au mien. Je peux seulement distinguer un pull blanc, je n'avais pas senti de présence, *je pensais être seule.*

Ma curiosité l'emportant je prétexte reposer le livre pour me pencher et observer à travers le trou.

Iago

Je m'apprête à remettre le roman à sa place quand je vois une frimousse apparaitre dans le petit trou dans l'étagère.

J'arrête de respirer.

June

Je n'en crois pas mes yeux.

Iago

C'est elle, je la reconnaitrai toute ma vie.

June

C'est lui, j'en suis sûr.

FIN